कवि के कथानक | A Poet's Parables

कैलाश वाजपेयी Kailash Vajpeyi
(7 February 2015; Photograph by Ananya)

कवि के कथानक

कैलाश वाजपेयी

संकलन, अनुवाद एवम् संपादन

रूपा वाजपेयी

A Poet's Parables

KAILASH VAJPEYI

Compiled, translated and edited by

Roopa Vajpeyi

ACADEMIC FOUNDATION

NEW DELHI

www.academicfoundation.org

First published in 2016
by

ACADEMIC FOUNDATION

Delhi Sales Office:
4772-73 / 23 Bharat Ram Road,
(23 Ansari Road), Darya Ganj,
New Delhi - 110 002 (India).
Phones : 23245001 / 02 / 03 / 04.
Fax : +91-11-23245005.

Corporate Office:
No. 35, Sector 7,
IMT Manesar,
Gurgaon - 122050.
Haryana (India).
Tel: +91-124-4215070/71.

E-mail : books@academicfoundation.com
www.academicfoundation.org

Disclaimer:
The opinions/views/findings expressed in this book are solely those of the author and do not necessarily reflect the views of the publisher.

Photograph of Kailash Vajpeyi used as frontispiece and on the book jacket back cover, courtesy: Ananya Vajpeyi.

कवि के कथानक / कैलाश वाजपेयी
संकलन, अनुवाद एवम् संपादनः रूपा वाजपेयी

A Poet's Parables/Kailash Vajpeyi
Compiled, translated and edited: Roopa Vajpeyi

ISBN 9789332703599

Typeset, printed and bound by The Book Mint, New Delhi.
www.thebookmint.in

अभी अभी जन्मा है मेरी कोख से
ताज़ा अश्वत्थ जो
दे रहा सांत्वना
शोक तुम्हें अब नहीं साले गा।
नमन करो नन्हें अश्वत्थ को
जैसे–जैसे अस्त होगा यह दृश्य जगत
तुम्हारा अभिशापित स्वत्व भी
तिरोहित हो जाएगा...

अनुक्रमणिका

CONTENTS

प्रस्तावना

रूपा वाजपेयी

'सार' की आख्यायिकाओं का स्रोत सम्भवतः लोकमानस है।

लगभग सभी कथानक मानव स्वभाव का कोई न कोई आयाम तो उजागर करते ही हैं, साथ में उनसे जुड़े श्लोकों से उन का सार भी भली–भाँति प्रस्तुत हो जाता है।

इस संकलन में मौलिक संस्करण की कुछ चुनी हुई कहानियों का अंग्रेजी में अनुवाद किया गया है।

कैसा बन पड़ा है–यह तो पाठक ही जाँचेंगे।

आख्यायिका की अनुवादोन्मुखता भी उसके चयन का एक मापदण्ड रहा है।

हर कथानक मानवीय मानस का दर्पण तो है ही, दैनंदिन जीवन के किसी न किसी पहलू का आम व्यक्ति की ज़िंदगी से एक सहज सा रिश्ता भी कायम कर देता है।

हर कथानक की बातचीत का लहजा भी उसे सहज बना देता है। इनका अंग्रेजी अनुवाद इन्हें अधिक से अधिक पाठकों तक पहुँचाने का प्रयास है। देश से बाहर रहने वाले बहुत से भारतीय इन्हें अंग्रेजी में भी देखना चाहते थे ताकि यह संकलन उनके बच्चों तक भी पहुँच सके।

आशा है यह मकसद भी पूरा हुआ होगा।

इसमें रेखा चित्रों का संकलन सम्पादक की सोच का नतीजा है। संस्कृत के श्लोकों का अंग्रेजी में अनुवाद न करने का निश्चय भी सम्पादक का ही है। अनुवाद हू–बहू नहीं हैं–थोड़ी बहुत छूट ली गयी है, क्योंकि कथा–मर्म पाठक तक पहुँचना ही हमारा लक्ष्य था।

आशा है सुधी पाठकों को हमारा यह प्रयास पसंद आयेगा। यह संस्करण, पहले दो संस्करणों–'सार' और 'भीतर भी ईश्वर' से चुनी हुई कहानियों का मिश्रण, पाठकों के लिए प्रस्तुत करता है।

सब से पहले, कहानियों का चयन उनकी रूपान्तरणीयता और फिर उस रूपांतर या अनुवाद की सटीकता पर भी निर्भर करता है। कहानियों के अनुवाद तथा अर्थ को, भूगोल और इतिहास की सीमाओं से इतर जा कर, हर पाठक तक पहुँचाना है।

कहानियों से रूबरू होने पर, सुनने और पढ़ने वालों को शांति और उछाह का एहसास होना चाहिए। एक तरह का आश्वासन मिलना चाहिए, कि कोई भी ऐसी

मुश्किल नहीं जिस का हल मुमकिन नहीं–है तो बस केवल आधे भरे, और आधे खाली पात्र का हिसाब–किताब–नज़रिये का हेर–फेर।

इन कहानियों को छलांग, केवल भूगोल और इतिहास के पार ही नहीं लगानी थी,

बल्कि बच्चे–बूढ़े, स्त्री–पुरुष, सभी को, जीवन की समस्याओं का सामना करने की कुंजी भी थमानी है।

किसी भी उलझन का हल तो असल में, हमारे भीतर ही छिपा होता है, बस उस पर रौशनी डालने की तरकीब आनी चाहिए।

इन कहानियों का अनुवाद करते समय ऐसा अनुभव हुआ, कि, इन कहानियों में यह सब उपलब्ध है।

यह धर्म–करम के फेर से भी ऊपर आध्यात्मिक इशारे करती हैं। अर्थ को भीतर ही खोजने के लिए प्रेरित करती हैं।

कहानियां एक तरह का संवाद स्थापित करती हैं–अपने तथा पाठक के बीच, क्योंकि संवाद सहज–सरल भाषा व् पध्दति में है, इसलिए ऐसा होना कुछ स्वाभाविक सा होना चाहिए। अगर ऐसा नहीं है तो अनुवाद में ही कमी होगी।

हिंदी कहानियों या आख्यायिकाओं की इति अक्सर संस्कृत के एक श्लोक से होती है, जिस का स्रोत अधिकतर वेदों/पुराणों में है, उनका अनुवाद जहाँ कहीं हो सका अंग्रेजी में दिया गया है।

श्लोकों को रोमन में नहीं लिखा गया, क्योंकि संस्कृत के विद्वानों को उस की ज़रुरत नहीं थी।

अर्थ और हल की खोज, संगीत के सुरों को साधने, एक सितार के तारों को सही बैठाने, उनका ताल–मेल मिलाने जैसा ही है। एक बार सध जाये, तो सब कुछ जैसे रागात्मक व् सहज हो जाता है।

अनुवादक और संपादक की आशा है, कि हर पाठक के लिए इस संकलन को पढ़ने का अनुभव कुछ ऐसा ही हो–सहज, रागात्मक हर्षोल्लास से भरा, शांतिदायक।

PREFACE

ROOPA VAJPEYI

K and I were married for 50 years, until he decided to call it quits almost immediately after we completed the golden jubilee of our marriage.

It all started when we first met, in the early 1960s, at the University of Delhi where we were both young teachers. It changed as we grew and added different dimensions to our personalities together and as individuals. We had what our daughter called a fairy-tale life, living inside a bubble that we created. We both travelled far and wide, together and then individually for our work, but he had a more colourful life as a creative poet, a charismatic personality with a mesmerising voice and a range of knowledge that was truly astounding. All kinds of people, from all over the globe reached out to him—in friendship, for work, to seek comfort in his wisdom, for guidance, which could be both spiritual and related to everyday life. Both men and women, couples, the young and the old, all sought solace and support, or just the warmth of his presence.

His knowledge spectrum was broad and multifarious but he slipped into each area of knowledge unpretentiously and with ease. He had friends among traditional scholars and religious leaders from almost all of India's vast variety of faiths. He could converse as easily with Jain *munis* and Naga *sadhus* as with Buddhist monks, Krishna devotees and Sufi pirs. He travelled widely to various ashrams and *mathas* all across India and even visited the ones scattered all over the western world. He was a 'seeker', always 'looking'—but looking for what? Who could say?

It was this quest that made him explore various schools of astrology from the familiar to the exquisitely esoteric. This, along the way, became a means of connecting with people from all walks of life—from the vegetable vendor at our doorstep, to all kinds of people, rich and poor, who came to him to ask about their future, to serious students of astrology, to spiritual gurus and fellow-scholars of the subject.

K had a voice that resonated in people's minds long after they had occasion to hear it. This took him to the media—to All India Radio

(AIR) and BBC Hindi as well as to television, both state-run and cable TV. He spoke, sang and chanted his way into people's hearts, as into mine. He had a mellifluous voice that he used sometimes for Bollywood songs, or for his own early lyrical and musical compositions, or even for reciting his poems.

He recorded programmes for the BBC, Voice of America, and of course for AIR and Doordarshan TV. He was interviewed, feted and talked about everywhere, from Europe to Latin America, from Cuba to South Korea. He participated in poetry sessions and represented India all over the planet, in countries as diverse as Mexico, Colombia, Mauritius, France, Italy, Sweden, Russia, the UK, the US, Germany—it's a long list.

Between the early 1970s and the late 1990s, he made a whole range of short films for television about saints, poets, intellectuals and thinkers of the Indian tradition, from ancient to medieval to modern figures, like the Buddha and Kabir, among others. He was untiring in his pursuit of what could be done in one lifetime.

Of course K's main work was writing. He wrote poetry, first and foremost, but he also wrote magazine articles, newspaper columns, documentary film scripts, scholarly papers and even a play or two. He wrote in Hindi and English. He was translated into Spanish, German and many other European languages. From his teenage years until literally the week of his death, he published a pile of books and won a slew of literary and cultural awards, besides contributing thousands of pieces to the popular press. Many people recognized him instantly by his voice, but even more by his unique style of writing, his masterful command over language, and his unforgettable poetic sensibility. For me, living with him, every scrap of paper in our home was covered in his beautiful handwriting.

He gave generously of himself and his various talents to all and sundry. What was remarkable was that every individual had a feeling that s/he took away something special from these meetings, meant only for him or her.

To top it all he was the very best of householders, bringing in a regular income, assiduously paying the bills and taking an interest in the most mundane of matters—the plants in my garden, my canine and feline pets, the food that was cooked in the kitchen, the changing contours of our domestic space, to say nothing of the life and adventures of our only child.

After April 1, 2015, I went to Delhi University to attend to various financial matters that follow a death. People just wouldn't stop talking about him—his aura, his voice, the joy he brought with him when he entered any space. Even bank clerks and office peons felt privileged to have known him. Each one, from the humble security guard to the principals, professors and vice chancellors, all those who had been in touch with him remembered beauty, melody and a kind of magic around him.

This was an experience that was repeated for me, at his place of work, his banks, the offices of his editors and publishers, the India International Centre, the Poetry Society, the Sahitya Akademi, Bharatiya Gyanpeeth—wherever he had had any kind of professional or worldly dealings. He had somehow managed to establish and maintain a unique rapport with a vast world of individuals, in a way that made them feel recognised and valued, no matter who they were or what they did. People spoke about him with affection and reverence and came forward to help me, even though I was meeting most of them for the very first time or after a long gap.

K was a doting father and an extremely interesting companion, an engaged and engaging partner. We lived, breathed and talked poetry, all the time, sometimes till the crack of dawn, when he would go to sleep, to continue whenever he chose to wake up in the day.

Where we lived together was his home, and he was totally at home in it, because he lived life on his own terms. Whereas I always felt, because of his unending quest (for what, I didn't know) that he had wandered in from another dimension, an alternative universe, and although he left footprints and echoes of his voice, his written and spoken words everywhere around us, he still didn't belong here. I hope he has found his haven, his answers, the culmination of his quest, and is at last at home in his other, or his new, or his original life.

The parables are a reflection of all of the above. Through them he speaks to almost everyone, anywhere. The translations from Hindi into English will, we hope, make them accessible to a larger readership.

The selections are eclectic, ranging from Sufi stories to Zen koans to tales from many different parts of Asia. Qissa-Kathanak-Kahani: a mélange of narrative forms. What gives them all a special dimension is that Kailash links them to one or other source in traditional Indian texts. The parables all throw light on some human dilemma, faced by anyone, anywhere, leaping across geographical boundaries, historical contexts and linguistic barriers. They make all humanity one in its suffering, joys and conflicts. We are human and we experience happiness and sorrow, we face problems in the same manner despite our differences. This is the message of the parables, as is the fact that there is always a solution, a very simple one, actually, which is happenstance and waiting to be lighted upon.

The original text contains almost double the number of parables translated for this collection. This is a result partly of the editor's choice, but also of the compulsions and constraints of translating subtle spiritual messages contained in these stories.

The Sanskrit or other classical language text of the verses quoted at the end of each story has not been translated, but a rough rendering of the intent of each text is provided where possible.

Depending upon the response this effort receives, we would consider undertaking more such translations.

Saket, New Delhi

January 2016

1
आस्तिक–नास्तिक

परिव्राजक विवेकानन्द अलवर नरेश के मेहमान थे। ज्ञानचर्चा के बीच अलवर नरेश ने कहा : मुझे लकड़ी, पत्थर या धातु की प्रतिमा बनाकर उसकी पूजा करने वालो से बड़ी चिढ़ है। मूर्ति का ईश्वर से क्या लेना–देना। अलवर नरेश के सिहांसन के पीछे की दीवार पर उनका तैल चित्र टँगा था। विवेकानन्द ने तत्काल वह चित्र उतारा और पास खड़े दीवान से कहा–'इस पर थूक दीजिए।' दीवान ने घबराकर उत्तर दिया, 'मैं भला ऐसा कैसे कर सकता हूँ?' तब विवेकानन्द ने नरेश से कहा–'दीवान नहीं थूकता तो आप ही थूकिए'– राजा हतप्रभ। विवेकानन्द ने कहा : 'चित्र तो रंगो का मेल है' आप तो नहीं। फिर झिझक कैसी?' राजा चुप। विवेकानन्द ने स्पष्ट किया।

मूर्तिपूजक, धातु या पत्थर नहीं पूजता। आकार तो बहाना है। आस्तिक उसके माध्यम से सृष्टा को याद करता है। महत्वपूर्ण है उसकी आस्था। रचनाकार के प्रति कृतज्ञता की भावना।

'जो स्वभाव से कृतघ्न है वही स्वयं को नास्तिक कह सकता है।'

लज्जयते च सुहृदेन भिद्यते दुर्मना भवेत्।
वक्तव्यं न तथा किञ्चिद्विनोदेऽपि च धीमता।।

– शुक्रनीति

जिस वचन से मित्र लज्जित हों, खिन्न हें या दुखी मन वाले हा, ऐसा वचन बुद्धिमान व्यक्ति को थोड़ा सा भी नहीं बोलना चाहिये।

1

A QUESTION OF BELIEF

Ascetic Vivekananda was once the guest of the king of Alwar, when a philosophical discussion began between them one day. The king said, "I dislike those who worship idols of gods or goddesses made with stone, wood or metal. How is god connected with these forms?"

There was an oil painting of the king behind his throne. Vivekananda grabbed the painting and asked the Divan, standing nearby, to spit on it. A nervous Divan replied, "How can I do that?" The philosopher then asked the king to spit on it. The king was dumbfounded.

Vivekananda said, "The picture is merely a combination of colours. It is not you. So why are you hesitant?" The king remained quiet. Vivekananda explained that the believer does not worship the wood, metal, or stone. These are just the mediums and through them the theist remembers the Creator. The important thing is his faith; his feelings of gratitude towards the Creator. "Only an ingrate can call himself an atheist."

Such words that embarrass, or hurt a friend
should never be uttered by a wise man.

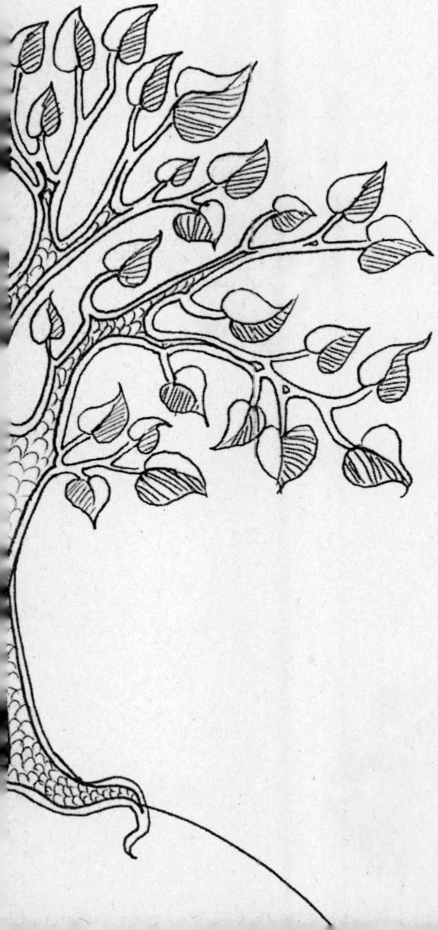

2
अभिलाषा

एक राजा की चार रानियाँ थीं। राजा परदेस गया। जब लौटने का समय हुआ तो रानियों ने कुछ उपहार लाने का संदेश भेजा। एक रानी ने हार, दूसरी ने कंगन, तीसरी ने नूपुर मँगवाए। पत्र लिख दिए। चौथी ने अपने पत्र में लिखा 'मुझे आपके सिवा और कुछ नहीं चाहिये।' राजा लौटा तो तीनों रानियों को उनकी मंगाई वस्तुएँ दीं और चौथी रानी को अपना सब कुछ सौंप दिया। राजा ने कहा : 'किसी की हार की, किसी की कंगन की और किसी की नूपुर की इच्छा थी, मैंने उनकी इच्छा पूरी कर दी, चौथी रानी को मेरी जरूरत थी, उसे मैं मिल गया। साथ–साथ मेरा जो कुछ है वह भी उसे सहज ही मिल गया।'

जो व्यक्ति छोटी–छोटी माँगें करता है उसे छोटा मिलता है। किन्तु जब माँग बहुत बड़ी होती है तो छोटी माँगें स्वयं मिल जाती है।

यस्मिनदेशे न सम्मानो न वृत्तिर्न च बान्धवाः।
न च विद्या गमोप्यसित वासं तत्र न करायेत्।।

– चाणक्यनीति

जिस देश में सम्मान न हो, जीविका न हो, भाई–बन्धु न हो, वहाँ कदापि नहीं रहना चाहिए।

2

DESIRE

Once upon a time a king had four queens. The king often travelled far from the palace on matters of his realm. The queens would send him messages to bring certain gifts. Once when the king was about to return home, one of his queens asked for a necklace, another sought a bracelet, and a third asked for anklets. The fourth queen wrote, "I want you to return safely to us and to your kingdom."

When the king returned he gifted a necklace, a bracelet, and an anklet to the queens who sought those. To his fourth queen, he gave everything he had. The queens wondered why. The king replied, "Someone desired a necklace, someone wanted a bracelet, someone asked for an anklet. The one who desired me got me. She also got whatever was mine."

If one desires small things, he gets them. But when one desires greater things, then along with that, the smaller desires are also fulfilled.

One should never stay in that country where there is no respect, no livelihood and no friends, brothers or relatives.

3

अट्टालिका पर ऊँट

इब्राहीम बल्ख के ईश्वरोन्मुख राजा था। एक बार जब वे सोए थे तो आधी रात को ऊपर की छत हिली। उन्होंने पूछा–'कौन है?' जवाब आया, 'कोई शत्रु नहीं, ऊँट खो गया है उसे ही खोज रहा हूँ। इब्राहीम ने कहा कि अट्टालिका की छत पर ऊँट खोजने की बात तो बड़ी विचित्र है। इस पर जवाब मिला–'हे निर्बोध, तुम स्वर्ण सिंहासन पर बैठकर, मूल्यवान वस्त्र धारण कर ईश्वर का अन्वेषण कर रहे हो, यह तो अट्टालिका पर ऊँट खोजने से भी अधिक आश्चर्यजनक है।

स्वभावो नोपदेशेन शक्यते कर्तुमन्यथा।
सुतप्तमपि पानीयं पुनर्गच्छति शीतताम्।।

– पंचतंत्र

उपदेश से किसी के स्वभाव का परिवर्तन नहीं किया जा सकता क्योंकि अत्यधिक गर्म किया हुआ पानी भी अन्ततः ठंडा हो जाता है।

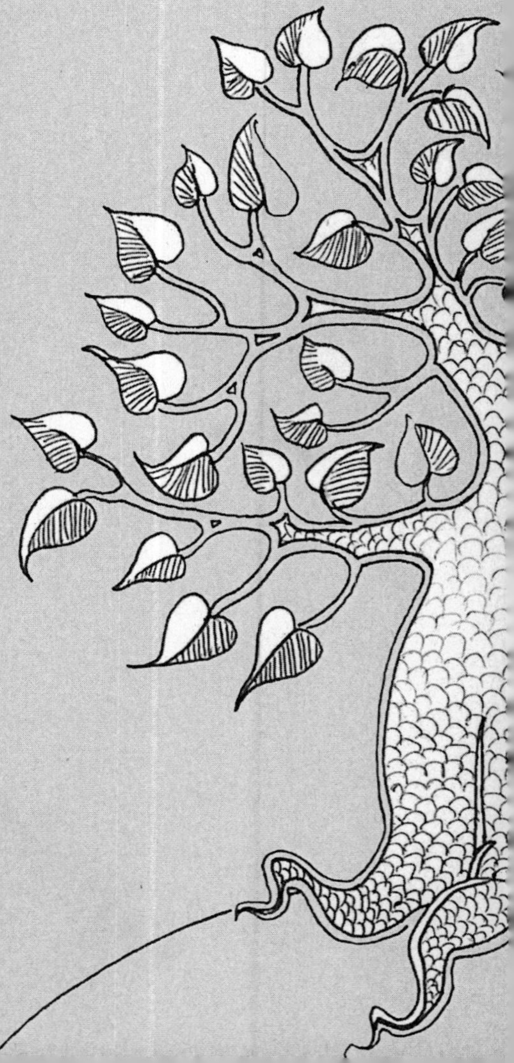

3

THE CAMEL ATOP THE PALACE

Ibrahim, the king of Balkh, was a devout man. One night, as he lay sleeping, the rooftop began to shake. Startled he asked, "Who is there?" A voice answered, "Don't worry, I'm not an enemy. I lost my camel. I'm trying to find him." Ibrahim said that searching for the camel on the rooftop was rather strange. The voice replied, "Fool, you are searching for God while sitting on a golden throne, wearing expensive clothes. Isn't that stranger than searching for a camel on the palace rooftop?"

One's nature cannot be changed with advice alone. Even extremely hot water becomes cold at last.

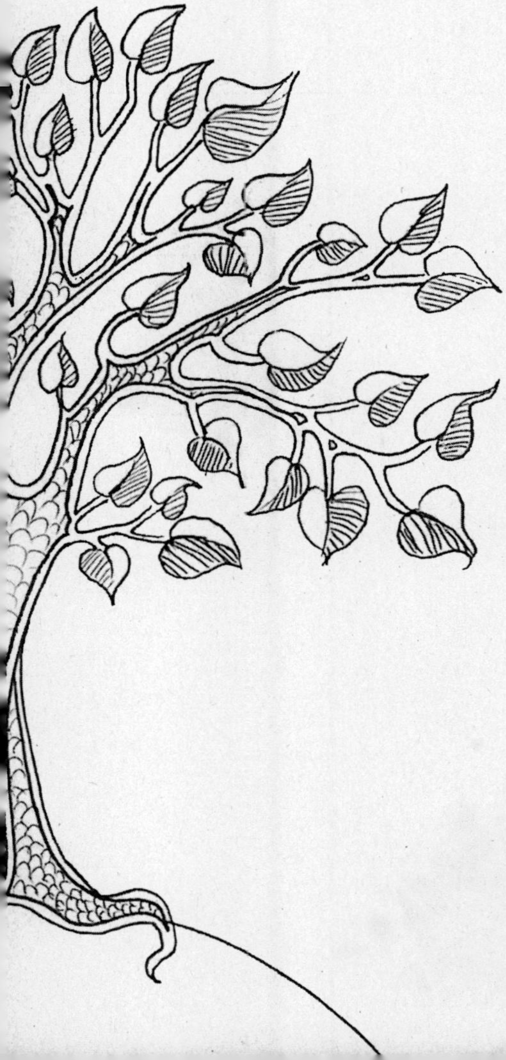

4
परछाई और बच्चा

सर्दियों के दिन थे। स्वामी रामतीर्थ अपराह्न में घूमने निकल पड़े। उन्होंने देखा एक बच्चा अपनी परछाई के पीछे दौड़ रहा है, रामतीर्थ ठहर गये। बच्चा कभी भागकर, कभी दबे पाँव, और कभी छलाँग लगाकर अपनी छाया को पकड़ना चाहता था, और छाया थी कि पकड़ाई में ही न आती। बच्चा थककर रो पड़ा।

स्वामी रामतीर्थ ने रोते हुए बच्चे के दोनों हाथ उठाकर उसके सिर पर रख दिये। छाया पकड़ी गयी देखकर, बच्चा खुशी से चिल्लाया। 'जादू! आपको यह जादू कैसे आया?'

'किसी के भी पीछे नहीं भागकर'

स्वामी रामतीर्थ ने उत्तर दिया।

क्व धनानि क्व मित्राणि
क्व मे विषयदस्यवः।
क्व शास्त्रं क्व च विज्ञाने
यदा मे गलिता स्पृहा।।

– अष्टावक्र गीता

जब मेरी इच्छा नष्ट हो गई, तब कहाँ धन है कहाँ मित्र है, कहाँ मेरे विषयरूपी दस्यु हैं, कहाँ शास्त्र है और कहाँ विज्ञान है।

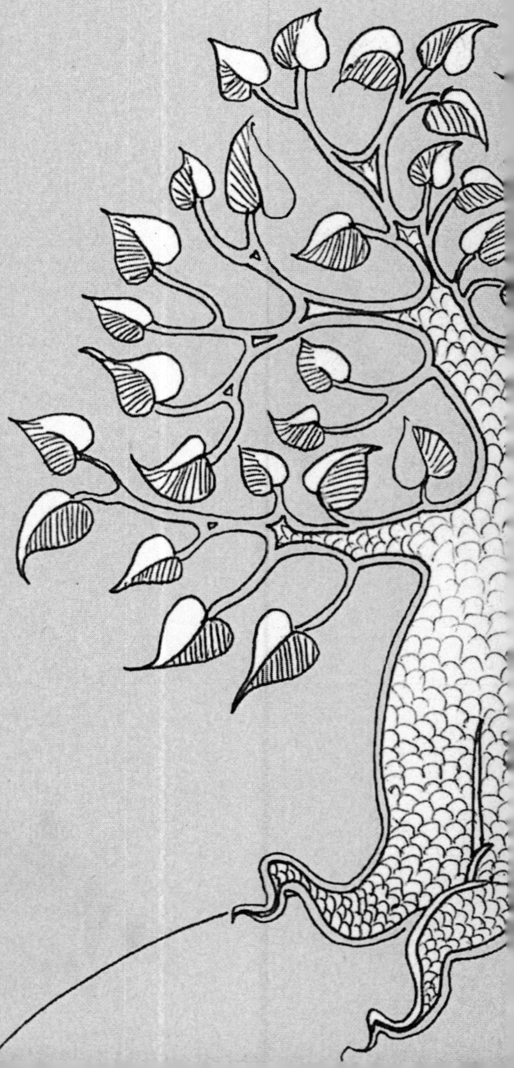

4

THE SHADOW AND THE CHILD

On a winter afternoon, Swami Ramteertha was walking around when he saw a boy running after his own shadow. Ramteertha stopped to watch. The boy ran, pounced, jumped in vain for a long while. Atlast, tired and feeling defeated, the boy began to cry.

Swami Ramteertha held the hands of the crying boy and then placed them on the boy's head. Seeing his shadow caught, the boy shouted with joy. "Magic! How did you do this magic?"

"By not running after anything," replied Swami Ramteertha.

When my desire was destroyed, where was wealth, where were friends, where was the monster of material possession, where were the Shastras, and where was science?

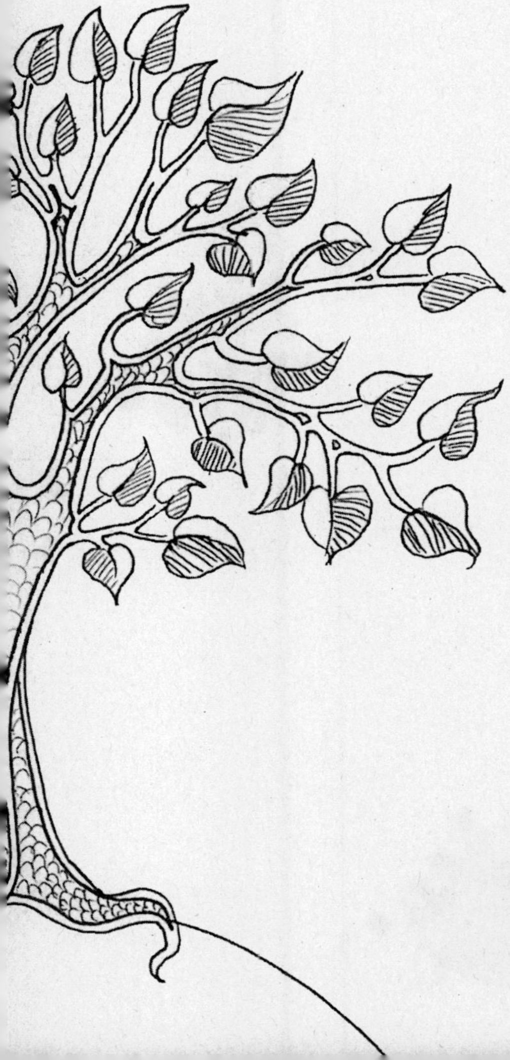

5
स्रोत का स्वाद

एक सूफी फकीर की लोकप्रियता से तंग आकर, एक बुद्धिजीवी उसके झोपड़े पर पहुँचा। 'आपके दर्शन (फलसफे) का स्रोत क्या है?' बुद्धिजीवी ने सवाल किया।

सूफी ने अपने झोले से निकालकर एक आड़ू बुद्धिजीवी को दिया। बुद्धिजीवी थका था, उसने फौरन वह आड़ू खा लिया। इसी बीच सूफी ने एक और बड़ा आड़ू निकालकर, फिर बुद्धिजीवी की ओर बढ़ा दिया। बुद्धिजीवी उसे भी खा गया। फकीर ने पूछा– 'कैसे लगे?'

'लाजवाब'–बुद्धिजीवी ने उत्तर दिया।

'क्या तुम जानना चाहोगे ये आड़ू किस जाति के हैं, कहाँ–कहाँ पैदा होते हैं और जिन दरख्तों पर लगते हैं उनकी ऊँचाई कितनी होती है और फलों की फसल कितने वक्त में आती है और मिठास.... सूफी कुछ और कहने ही जा रहा था कि बुद्धिजीवी बोला–'बस, बस, बस, मैं समझ गया।'

उत्सवे व्यसने प्राप्ते दुर्भिक्षे शत्रु संकटे।
राजद्वारे श्मशाने च यस्तिष्ठति स बांधवः।।

– चाणक्यनीति

जो उत्सव में, अकाल में, बैरियों द्वारा संकट में, राज. दरबार में तथा श्मशान में साथ देता है, वही सच्चा बन्धु कहलाता है।

5

THE SOURCE

An intellectual was astounded by the popularity of a Sufi and travelled to his shabby house to fathom the mystery. "What is the basis of your philosophy?" the intellectual asked.

The Sufi took out a peach from his bag and gave it to the intellectual. The intellectual, who was tired and hungry, ate it. The Sufi took a bigger peach and gave it to the intellectual, who ate that as well. The Sufi asked, "How were they?"

"Splendid," the intellectual replied.

"Would you like to know about peaches? Where they are available? How tall the trees are that bear them? How sweet each peach is?" Before the Sufi could talk some more about the peaches, the intellectual interrupted him and said: "Enough, enough. I have understood."

He who accompanies you, during festival and famine, when engulfed by enemies, in court or cremation place, is a true friend.

6
परीक्षा

राजा प्रसेनजित ने वन जाने से पहले मंत्री से पूछा, 'अपने सौ पुत्रों में से मैं अपना राज्य किसे दूँ?'

'परम्परानुसार अपने सबसे बड़े बेटे को।' मंत्री ने उत्तर दिया।

इस पर प्रसेनजित ने कहा, 'मैं परीक्षा लूँगा और देखूँगा कि कौन सबसे योग्य है।'

उसने दीवारों का एक गोलाकार घेरा बनाया, जिसमें प्रवेश और निकास के दो द्वार थे। फिर अपने सौ पुत्रों को एक साथ भोजन की व्यवस्था करवाई। सौ थालियों में भोजन लाया गया। हर पुत्र के सामने एक–एक थाल और ढेरों कुत्ते भौंकते हुए भीतर घुसे। सारे के सारे राजकुमार कुत्तों से भयभीत चीखते हुए निकास द्वार से बाहर भाग गए। सिर्फ एक राजकुमार, जो सबसे छोटा था, भोजन करता रहा।

प्रसेनजित दूर महल की छत से यह दृश्य देख रहा था। उसने कुछ समय बाद छोटे राजकुमार को दरबार में बुलाया और पूछा, 'जब तुम्हारे सभी भाई भाग कर चले आए तो तुम क्योंकर निडर रहे और भोजन करते रहे?'

उस राजकुमार ने कहा, 'अपनी बहुजन सुखाय दृष्टि के कारण, मैंने समझ लिया कि कुत्तों को अगर भोजन के थाल खिसकाकर देता रहूँगा तो वे मुझ पर आक्रमण नहीं करेंगे। यह सोचकर मैं स्वयं भी भोजन करता रहा और शेष थाल एक–एक कर उन्हें देता भी रहा। मिल बाँटकर खाने से कहीं कोई अव्यवस्था नहीं हुई।'

प्रसेनजित ने कहा, 'तुम सचमुच कुशल शासक होगे। तुम्हारे राज्य में निश्चय ही कोई दुखी न रहेगा, मैं अपना उत्तराधिकार तुम्हें ही सौंपकर वन में जा रहा हूँ।'

कष्टं च खलु मूर्खत्वं कष्टं च खलु यौवनम्।
कष्टात्कष्टतरं चैव परगेहनिवासनम्।।

– चाणक्यनीति

मुर्खता दुखदायी होती है, जवानी भी दुख देती है किन्तु पराए घर में रहना तो बहुत दुखद होता है।

6

TEST

Before he left for the forest, King Prasenjit asked his minister, "Of my hundred sons, which one of my sons should I give the kingdom to?"

"If you wish to follow the tradition, then to the eldest son," replied the minister.

Prasenjit said, "It is very difficult for a parent to choose one child above the others, even if tradition dictates it. I will devise a test and see who is the most capable one."

The king built a circular wall, which had two doors, one for entry and the other for exit. He then arranged a huge feast for his hundred sons. They sat down to eat from hundred plates. The king ordered a group of barking dogs to be sent into the dining hall. All the princes, frightened by the dogs, made their exit. The youngest prince remained unperturbed and continued eating.

The king was watching from a distance. He had his youngest son called and asked him the reason for his staying on while others left.

The prince replied, "I understood that if I shoved the food towards the dogs they wouldn't attack me. So while I finished eating I let them have food also. There was no chaos because we shared the food."

The king said, "You are going to be a good administrator. No one will be unhappy in your reign. I crown you as my successor and shall leave for the forest peacefully now."

Foolishness is painful, youth is also painful, but most painful of these is staying in somebody else's house.

7
भद्रबाहु

राजकुमार भद्रबाहु देखने में अत्यधिक सुंदर थे। एक बार अपने मित्र सुकेशी के साथ वे नगर की सीमा तक चलते चले गए और वहाँ एकाएक उन्हें दुर्गन्ध की लहर आई।

'यह कैसी दुर्गन्ध है?' भद्रबाहु ने सुकेशी से पूछा।

सुकेशी बोला, 'राजकुमार! मुर्दे को जलाया जा रहा है।'

'कोई बदसूरत होगा?' भद्रबाहु ने मुँह बनाते हुए कहा।

'मुर्दों में क्या सुन्दर–असुन्दर', सुकेशी ने जवाब दिया।

'मैं तो इतना सुंदर हूँ, क्या मैं भी दुर्गन्ध दूँगा?' भद्रबाहु ने सरल सा सवाल किया।

सुकेशी ने कहा 'हाँ, युवराज।'

यह सुनते ही भद्रबाहु का अहम् चूरचूर हो गया। यही भद्रबाहु अब दिन–रात उदास रहने लगा। उसका शरीर साँवला पड़ने लगा। पिता भी चिंतित हो उठे।

अंततः महाराज ने सिद्धाचार्य को बुलाया। उन्होंने सारी स्थिति समझी। सिद्धाचार्य ने एकांत में ले जाकर भद्रबाहु को सीख दी, उन्होंने कहा :

'युवराज भद्रबाहु! शरीर सुंदर नहीं होता, सुंदर होता है शरीर में रहने वाला चैतन्य। तुम शरीर में मत उलझो। यह मात्र एक उपकरण है। इसे इतना ही मूल्य दो। शरीर तो चैतन्य का वाहन है। इसलिए चैतन्य को चमकाओ, सिद्धाचार्य की देशना से भद्रबाहु की बीमारी जड़ से नष्ट हो गयी। यही भद्रबाहु आगे चलकर श्रमण परंपरा के ज्योति स्तंभ बने।

दुर्जनेषु च सर्पेषु वरं सर्पो न दुर्जनः।
सर्पो दशति कालेन दुर्जनस्तु पदे पदे।

– चाणक्यनीति

'दुर्जन और साँप' इनमें साँप दुर्जन से अच्छा है, साँप काल आने पर काटता है, दुर्जन पग–पग पर।

7

BHADRABAHU

Prince Bhadrabahu was a handsome youth. Once while taking a walk with his friend Sukeshi, he went as far as the border of his kingdom. They were assaulted by waves of rotten stench.

"What is this horrible smell?" Bhadrabahu asked Sukeshi.

Sukeshi said, "Prince! Dead bodies are being burnt."

"Must be the body of some ugly looking fellow for it to smell so bad," Bhadrabahu said, making a face.

Sukeshi said, "How do beauty and ugliness matter in death?"

Bhadrabahu said, "I am so handsome. Will my body also reek with such smell?"

Sukeshi replied, "Yes, Prince."

On hearing this, Bhadrabahu's ego was shattered to pieces. He began to feel a deep sadness and restlessness.

The king summoned Siddhacharya. Siddhacharya understood the situation.

He took Bhadrabahu aside and said, "Prince Bhadrabahu! The body is not beautiful. It is only the self in the body that is beautiful. Don't get depressed by the body. This is just one ingredient. Give it only that much value. It is the vehicle for our real 'Self'. So try to add shine to your true 'Self'."

Siddhacharya's preaching banished Bhadrabahu's depression and in his later life the prince became an icon of the *Sramana* (ascetic) tradition.

Of an evil person and snake, the snake is better, because he bites when the time comes. But an evil person hurts at every step.

8
कौन बंदिश में है?

शेख फरीद अपने मुरीदों के साथ बाहर बैठे हुए थे। तभी एक आदमी एक गाय को बाँधे हुए गुजरा। गाय थी कि जाने से इंकार कर रही थी।

फरीद ने शिष्यों से पूछा, 'कौन बंदिश में है?'

शिष्यों ने कहा, 'जाहिर है गाय, गाय के गले में रस्सी है।'

'दोनों में मालिक कौन है?' फरीद ने अगला सवाल किया।

शिष्यों ने कहा, 'आप भी कमाल का सवाल कर रहे हैं।'

'मालिक? जाहिर है कि यह आदमी मालिक है।'

'अगर यह रस्सी खुल जाए तो?' फरीद ने पूछा।

'रस्सी खुलेगी तो गाय भागेगी,' शिष्य बोले।

'और आदमी?' फरीद ने पुनः प्रश्न किया।

'यह आदमी तब गाय के पीछे भागेगा।'

शिष्य उत्तर देते हुए खुद ही समझ गये कि कौन बंधन में है और असली मल्कियत किसकी है।

संसारतापदग्धानां त्रयो विश्रान्तिहेतवः।
अपत्यं च कलत्रं च सतां संगतिरेव च।।

— चाणक्यनीति

संसार के दुख से दुखित पुरुषों के तीन ही विश्राम के कारण हैं, सन्तान, स्त्री और साधु संगति।

8

WHO OWNS WHOM?

Sheikh Farid was sitting with his friends and followers when a man passed by, trying to drag a cow by a rope tied around its neck. But the reluctant cow refused to budge.

Farid asked his followers, "Who is tied to whom?"

His followers replied, "Evidently, the cow. There is a rope round its neck."

"Between the two, who is the owner?" Farid asked.

His followers said, "You ask strange questions. Obviously, this man is the cow's owner."

"What happens if the rope is untied?" Farid asked.

"The cow will run away," the followers said.

"And the man?" Farid asked again.

"He will run after the cow." And as they answered, the followers understood who was bound to whom, and who the real master was.

For men tired of the world, there are only three havens of rest—wife, children, and the company of holy men.

9

ईश्वर तो देख रहा है

ऋषिकुमार ने दुर्वासा से पूछा, 'आप अपने चरित्र की रक्षा कैसे करते हैं ?'

'एकांतवास करके, सर्वद्रष्टा का स्मरण करते हुए दुर्वासा ने उत्तर दिया। कालांतर में वरुथिनी नाम की एक अप्सरा ऋषिकुमार के तापस सौंदर्य से खिंची चली आई। उसने कहा, 'ऋषिकुमार, गहन साधना के लिए आपको और अधिक एकांत चाहिए। मैं पास के घने जंगल से आई हूँ, क्यों न वहीं चलें।'

एकांत शब्द सुनकर ऋषिकुमार तत्काल वरुथिनी के साथ चल पड़े। अवसर देखकर उसने ऋषिकुमार से प्रणय निवेदन किया। ऋषिकुमार ने आसपास के पशु–पक्षी, लता–गुल्मों को देखते हुए वरुथिनी के प्रस्ताव को असंगत बताया। उन्हें दुर्वासा के शब्द याद थे। अगले दिन वरुथिनी ऋषिकुमार को एक गुफा में ले गयी।

'यहाँ तो कोई नहीं देख रहा, अब सहवास कर लो। वरुथिनी ने अंग प्रदर्शन करते हुए ऋषिकुमार से अनुरोध किया।

'ईश्वर तो देख रहा है।' कहकर ऋषिकुमार फौरन वहाँ से भाग लिये।

यथा सूर्यश्च चन्द्रश्च न बिभीतो न रिष्यतः।
एवा मे प्राण मा बिभेः।

– अथर्ववेद

जैसे सूर्य और चन्द्र न भयभीत होते हैं और न ही विनष्ट होते हैं वैसे ही हे मेरे प्राण! तुम भयभीत मत होओ।

9

GOD WATCHES

One day a young ascetic asked the sage Durvasa, "How do you protect your character?" "By staying alone, by remembering God who is always watching everything," he answered. Sometime later, Varuthini, an apsara, saw the young ascetic and she found his youthful charm irresistible. "You need total seclusion for meditation," Varuthini said to the young ascetic. "I know of such a place in the dense forest close-by. Let us go there." The young ascetic set off with Varuthini. Once they were alone, she expressed her desire for him. They were in a forest full of birds, animals, and creepers. The ascetic remembered the words of Durvasa, cautioning him to be always aware of the presence of the all-seeing Creator. He understood the impropriety of Varuthini's proposal and told her so The next day, Varuthini took him to a cave. "There is no one here. Let us stay together here for some time," she said. "I can't," he said, "because God is watching," saying this he fled.

As the sun and the moon do not feel scared and do not get destroyed, so may my life-breath do not feel scared.

10

प्राण ही सब कुछ है

एक बार प्राण और वाणी आदि दूसरी इन्द्रियों में बहस हो गयी। हर इंद्रिय कहती 'मैं श्रेष्ठ हूँ, 'मैं श्रेष्ठ हूँ।'

सब मिलकर प्रजापति के पास गयीं। प्रजापति ने कहा, 'तुममें से जिसके निकल जाने पर शरीर शव दिखाई दे, वही श्रेष्ठ है।'

पहले वाणी गयी। एक वर्ष बाद जब लौटी तो भी शरीर जीवित था, गूँगा। फिर दृष्टि चली गयी। एक वर्ष बाद लौटी तो भी शरीर जीवित था, अन्धा। इसके बाद कान बाहर चले गये। एक वर्ष बाद जब लौटा तो भी शरीर चल फिर रहा था, सुनाई उसे कुछ नहीं पड़ता था। तब इसके बाद मन बाहर चला गया। एक वर्ष प्रवास कर चुकने के बाद जब वह लौटा, तो भी शरीर चल फिर रहा था। मन ने पूछा, 'यह कैसे हुआ?'

तब वाणी ने बताया, 'जैसे छोटा बच्चा बिना मन के भी साँस लेता है, उसी तरह यह शरीर भी जीवित रह गया। अंत में प्राण ने बाहर जाने की घोषणा की। जिस तरह शक्तिशाली घोड़ा खूँटा उखाड़कर भागने की कोशिश करता है, उसी तरह प्राण, वाक्, श्रवण आदि इंद्रियों को जोर से उखाड़ने लगा। तब घबराकर सब इंद्रियों ने कहा, 'आप न जाएँ।'

प्राणा इत्येवाच्क्षते प्राणो हयेवैतानि सर्वाणि भवति।।

वाणी बोली, 'मैं जो अपने आपको वरिष्ठ समझती थी, वह मैं नहीं दरअसल आप ही वरिष्ठ हैं।'

कान ने कहा, 'मैं जो संवद कहा जाता हूँ। वह संवद आप ही हैं।

मन ने कहा, 'मैं जो स्वयं को समझता रहा, दरअसल वह आश्रय आप ही हैं।'

वाणी, चक्षु, मन नहीं, सबको प्राण नाम से जाना जाता है, क्योंकि प्राण ही सब कुछ होता है।

मधुरापि हि मूर्च्छ्यते विषविटपसमाश्रिता वल्ली।

– *वेणीसंहार*

विष–वृक्ष का आश्रय लेने वाली लता मधुर होने पर भी मनुष्य को मूर्च्छित कर देती है।

10

WHAT IS LIFE?

Once upon a time the senses—breath, speech, sight, hearing, and mind—were having an argument. Each sense claimed that it was the best.

They went to Prajapati (the Creator Brahma) to settle the matter. Prajapati said, "Whichever sense the body cannot live without, is the most precious one."

First Speech left. When it returned after a year, the body was alive, but dumb. Then Sight left, but when it returned after a year, the body was alive, but blind. Then Hearing left. When it returned after a year, the body was alive, but was deaf. Then the Mind left. When it returned after a year, the body was still moving, though with confused thoughts. Mind asked, "How can this happen?"

Then Word spoke up. "As the child takes breath even without mind, in the same way the body can live."

Then Life-Breath decided it would leave too. As a powerful horse tries to uproot the tree to which it is tied and run away, so Breath began to uproot speech, Sound and the other senses as it took its leave. The senses, frightened, begged Breath not to leave.

Word said, "I who used to think myself the greatest was mistaken. It is you who deserve the title."

Sight said, "I thought that to be able to view the world was most important, but realise it is not."

Hearing said, "I, who is said to be the one who hears all things, now attribute it to you."

Mind said, "I who thought so much of myself, but am nothing without you."

Life-Breath is the essential thing.

The creeper which grows on the poison tree, in spite of being sweet, can make people unconscious.

11
माया का मर्म

यत्तु श्रेयस्तथैव तत्।
– महावीरचरित

जो श्रेय है, वह सदा एक प्रकार ही रहता है।

देवर्षि ने श्रीकृष्ण से कहा : प्रभु आपकी माया को देखना है।

श्रीकृष्ण : माया को भी क्या देखना।

देवर्षि : नहीं मुझे तो माया को ही देखना है।

श्रीकृष्ण : मुझे बड़ी प्यास लगी है, कहीं से घूँटभर जल ला दीजिए।

नारद, पात्र लेकर नदी तट पर पहुँचे तो देखा कि नदी में नाव पर एक षोडशी, धीवर कन्या बैठी है। सम्मोहित हो गये। उसके पिता से आज्ञा लेकर विवाह कर लिया। वहीं रहने लगे। चार–पाँच बच्चे हो गये। एक दिन नदी में बाढ़ आयी और घर बह गया। मझधार में नारद, पत्नी को बचाते तो स्वयं भँवर में चक्कर खा जाते। हार थक कर किनारे आ पड़े। न घर, न पत्नी, न बच्चे, सबको नदी बहा ले गयी। नियति की कठोरता से चूर–चूर, रेत पर पड़े नारद रो पड़े। तभी पास खड़े श्रीकृष्ण कह रहे थे : 'उठिए देवर्षि। मैंने तो आपसे घूँटभर जल मँगवाया था, आप यहाँ कहाँ प्रवाह में पड़ गये।'

11

THE MYSTERY OF MAYA

Once upon a time Devarshi Narada, a sage among gods, turned to Shri Krishna. "Lord, I want to see your Maya," Narada said.

Shri Krishna replied, "What is there in Maya to see?"

Narada insisted, "I want to see it."

Shri Krishna said, "I am very thirsty, can you bring me some water, please?"

When Narada reached the banks of a nearby river to fetch water he saw a young fisherwoman in a boat. He was so enthralled by her that he followed her, forgetting why he had come to the river. Thereafter, with her father's permission, he married her. They set up house and had several children.

One day the river flooded and their house was swept away. When Narada tried to save his wife, his own life was threatened. Exhausted, defeated, he reached the banks of the river. He had lost everything—his wife, his house, and his children. Ruing his destiny, he broke down on the riverbank. Thereupon Shri Krishna appeared and said: "Get up, Devarshi! I asked you to bring me some water and you got caught up in Maya."

He who is perfect, remains unchanged.

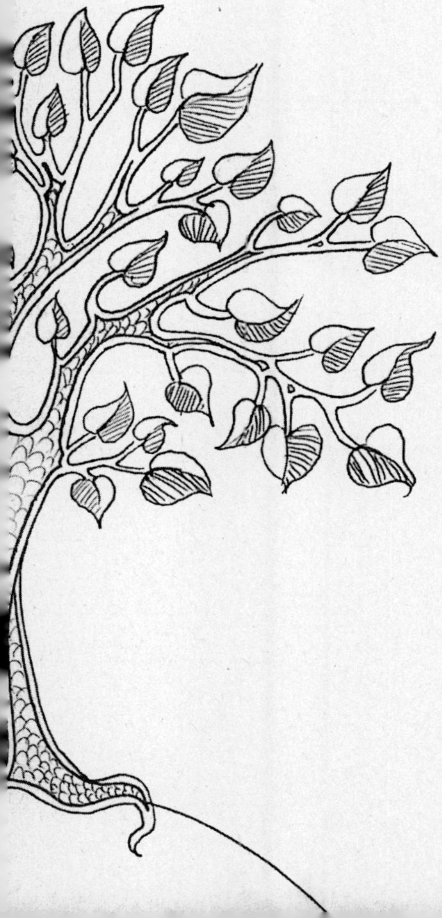

12
खोना–पाना

रबिया–अल–अदाविया एक बार बसरा शहर में अपने घर के सामने की गली में कुछ खोजती नजर आयी। नमाज को जाते पड़ोसी ने रबिया से पूछा–'क्या खो गया है?'

'सुई' रबिया ने जवाब दिया, पड़ोसी ने सोचा 'धुन की पक्की है कुछ–कुछ बावली भी, रबिया खोज ही लेगी।' काफी देर बाद पड़ोसी जब लौटा तो रबिया अभी भी सुई खोज रही थी। पड़ोसी ने मदद की गरज से गली की धूल हटाते हुए रबिया से पूछा–'ठीक से याद है? दरवाजे के बाहर किन हालात में सुई गिरी थी?' रबिया बोली : 'सुई खोई तो घर के भीतर थी।' पड़ोसी झल्लाकर बोला–'तो बाहर कैसे मिलेगी?' सूफियाना अंदाज में रबिया ने कहा, 'जिस तरह तुम, घर छोड़कर प्रार्थना बाहर करने जाते हो उसी तरह मुझे भी लगा, किस्मत, भीतर भूलकर बाहर आजमानी चाहिए।'

गुह्यं ब्रह्म तदिदं वो ब्रवीमि।
न मानुषाच्छ्रेष्ठतरं हि किंचित्।।

— *महाभारत*

मैं तुम लोगों को बहुत गोपनीय बात बता रहा हूँ, सुनो,
मानव से बढ़कर और कुछ भी श्रेष्ठ नहीं है।

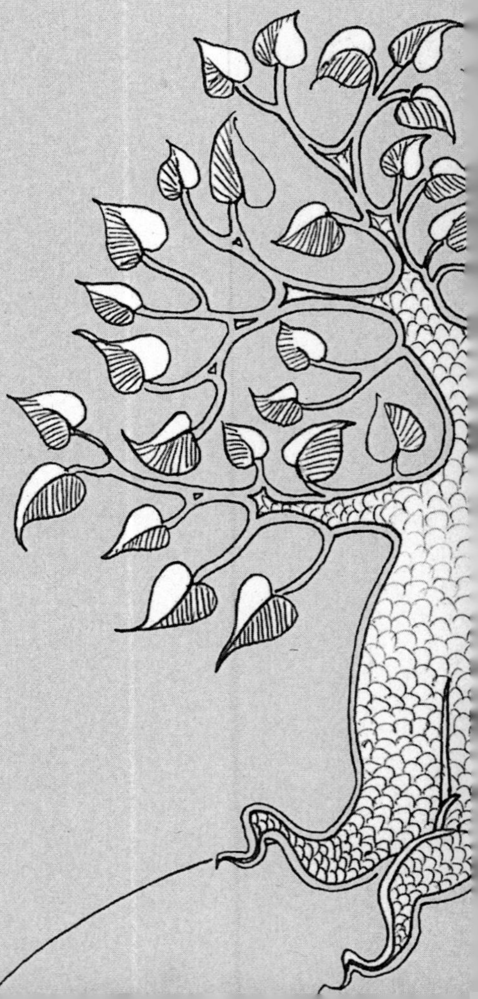

12

SEARCH

One day Rabiya-al-Adabiya was looking for something on the street in front of her house, in Busra city. Her neighbour Ighbor, going for his namaz, asked Rabiya, "What have you lost?"

"A needle," replied Rabiya. The neighbour thought Rabiya is a focused woman, though somewhat crazy, but she will probably find what she is looking for.

A little later the neighbour returned and found Rabiya still searching for the needle. Ighbor, trying to be helpful, clearing the dust asked her, "Do you remember correctly how you lost the needle?" "Yes! I lost it inside the house," replied Rabiya. The neighbour, appalled, shouted, "Then why do you hope to find it here, on the street?"

Rabiya replied, "Just as you go out to the mosque to seek God, I came to the street to look for my needle. I thought perhaps one finds outside what one has lost inside."

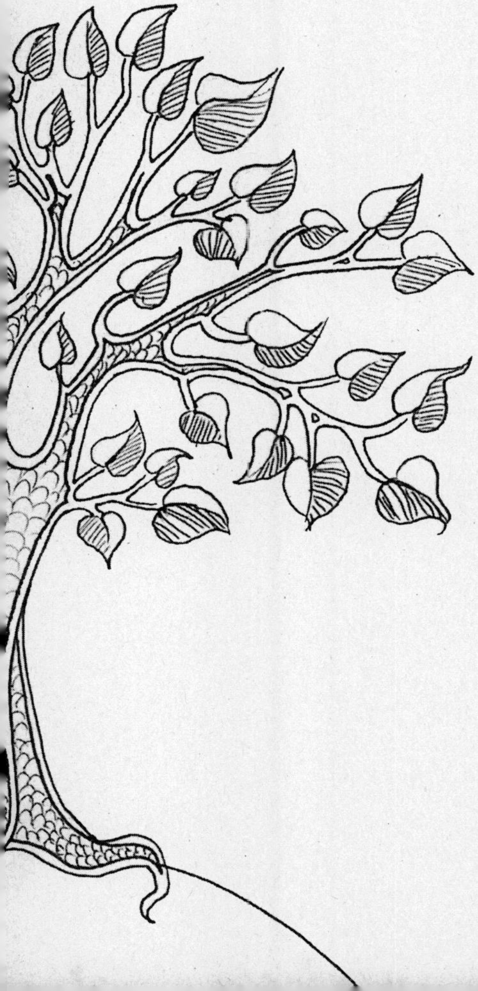

I am telling you a great secret, listen carefully:
there is nothing loftier than a human being.

13
प्रतिमा बोली

परिव्राजक विवेकानंद जब कश्मीर गए तो वह क्षीरभवानी के मंदिर भी गए। टूटे हुए मंदिर को देखकर उनके मन में विचार उठा कि जिस समय यह मंदिर तोड़ा जा रहा था उस समय अगर मैं होता तो प्राणों की बाजी लगाकर भी माँ के मंदिर की रक्षा करता।

फिर भीतर भवानी की मूर्ति के आगे विवेकानंद जब ध्यानावस्थित हुए तो उन्हें लगा, जैसे प्रतिमा कह रही है–'तू मेरी रक्षा करता है या मैं तेरी ?'

धीरानुत्साहसम्पन्नान्स्वधर्मामवनानिहः
देवता अभिरक्षन्ति पुष्ण्यन्त्येवान्यवाञ्छितम् ।।

– कथासरित्सागर

उत्साह से युक्त, अपने धर्म का पालन करने वाले धीर व्यक्तियों की देवता रक्षा करते हैं और उनका अभीष्ट उन्हें प्रदान करते हैं।

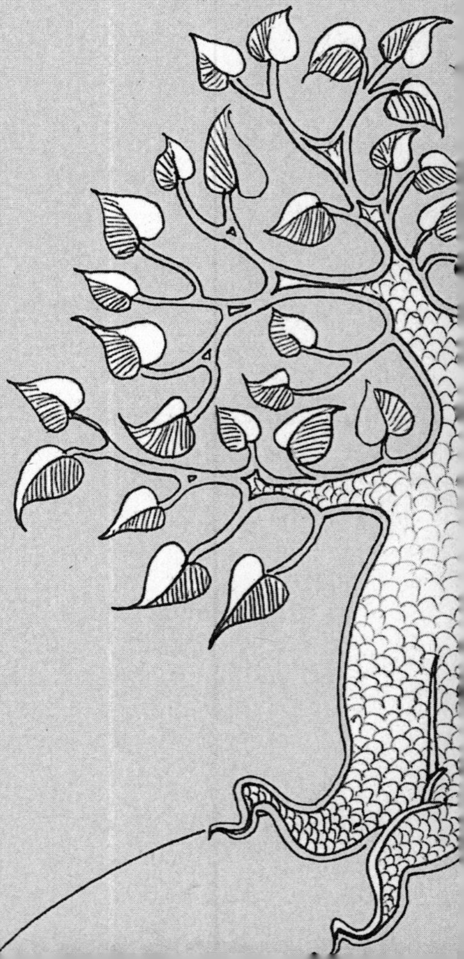

13

THUS SPOKE THE STATUE

During his travels Swami Vivekananda went to Kashmir, where he paid a visit to the Kheerbhavani temple. When he saw the broken temple he felt that if he had been there when the temple was being destroyed, he would've protected it with his life.

Vivekananda began meditating in front of the Bhavani idol in the temple, when he heard the goddess ask him, "Am I the protector or are you?"

Energetic, righteous, patient people are protected by the gods and aided in the fulfilment of their purpose.

14
अधेला बाबा

सदी के शुरू में व्रज क्षेत्र में नमक, तेल, आटा, चना, गुड़, चावल की एक बहुत छोटी दुकान थी। एक शाम एक साधु ने भुने चने खरीदे। साधू ने टेंट से जितनी देर में सिक्का निकाला, उतनी देर में दुकानदार ने दिया जलाया। साधु अधेला देकर चलने को ही था कि दुकानदार ने सवाल किया–'बाबा! बताएँगे, दीए में ज्योति कहा से आती है ?'

साधु ने फूँकमार कर बुझाते हुए कहा–'रोशनी चली कहाँ जाती है ? यह बात रात भर सोचना।' कहकर साधु अंधेरे में ओझल हो गया।

सुबह होते–होते वह दुकानदार फकीर हो गया और उसका नाम पड़ा अधेला बाबा।

स ईश्वर किं परतो व्यपाश्रयः।

– श्रीमद्भागवत्

वह ईश्वर ही क्या जो दूसरों का आश्रय ले।

14

THE COIN AND THE SAGE

At the beginning of the century, in Braja Kshetra, the place where Lord Krishna grew up, there used to be a small shop selling salt, flour, jaggery, oil, and other basics. One day a wandering sadhu bought some roasted gram from the shop. As the sadhu began paying with a coin, the shopkeeper lit an earthen lamp for the evening. The sadhu was about to leave after giving him the coin when the shopkeeper asked, "Baba, tell me, where does the lamp get its light from?"

The sadhu blew out the lamp's flame. "Think about where the light goes away when the night stretches long before you," he said. Then, the sadhu disappeared into the darkness.

By morning the shopkeeper had became a fakir and he began to be called Adhela Baba, the Coin Sage, after his moment of enlightenment.

God is complete. He gives support without expecting anything in return.

15
'मैं का हकदार'

रेबाई मागिद के आश्रम में ससोव नाम का एक नवयुवक रहस्य साधना–विधि सीखने आया। कुछ समय बाद मागिद ने उसे संत जुसिया के पास और गहन साधना के लिए भेजा। अर्से बाद घनी काली रात थी। सब सो रहे थे। अकेला मागिद सन्नाटे का संगीत सुनता जाग रहा था। तभी द्वार पर किसी ने दस्तक दी।

'कौन?' मागिद ने भीतर से सवाल किया।

यह सोचकर कि गुरु मेरी आवाज तो पहचानता ही है, ससोव ने विश्वासपूर्वक उत्तर दिया– 'मैं'।

मगिद ने बिना द्वार खोले झिड़क कर कहा– 'मैं कहने का हकदार तो सिर्फ परमात्मा है, जिसने यह दुनिया बनायी, तुम बीच में चौधरी कब से हो गये? जाओ लौट जाओ तुम अभी कच्चे हो।'

अर्थिनामुपपन्नानां पूर्वं चाप्युपकारिणाम्।
आशां संश्रुत्य यो हन्ति स लोके पुरुषाधमः।।

– वा.रामा.कि.का. 30/3

निकट आये प्रार्थी मनुष्यों को तथा पूर्व समय में अपना उपकार करने वाले व्यक्तियों की आशा को पूरा करने का वचन देकर भी जो विनष्ट कर देता है वह मनुष्य संसार में अधम नीच कहलाता है।

15

THE OWNERSHIP OF 'I'

A young man by the name of Sasov arrived at the hermitage of Rabbi Magid to learn mysticism and spirituality. After some time Magid sent him to a holy man Jusiya for further training. During a dark night, when the world was asleep and Magid alone was awake, listening to the music of silence, someone knocked at his door.

"Who is there?" Magid asked.

"I," replied Sasov, thinking that his guru would recognise his voice.

"'I!" Magid replied, without opening the door. "Only He who has created this world can utter this word. Since when did you become the Creator? Go back! You are still not awakened."

Denying help to those who have come in hope of help, and denying those who have helped you when you needed help, is mean conduct on the part of a human being.

16

ज्ञान सभी को दिया राम ने

जो शरीर के मध्य हृदय रूपी गुफा के भीतर रहता है, वह आत्मा अजन्मा एक और नित्य है। पृथ्वी उसका शिर है। जो पृथ्वी के भीतर संचार करता है तो भी पृथ्वी उसको जानती नहीं, जल जिसका शरीर है, जल के भीतर जो संचार करता है तो भी जल जिसे जानता नहीं, तेज जिसका शरीर है, तेज के भीतर जो संचार करता है तो भी वायु जिसको जानता नहीं। वायु जिसका शरीर है, वायु के भीतर जो संचार करता है तो भी तेज जिसको जानता नहीं। आकाश जिसका शरीर है, आकाश के भीतर जो संचार करता है तो भी आकाश जिसको जानता नही। मन जिसका शरीर है, मन के भीतर जो संचार करता है तो मन जिसको जानता नहीं। बुद्धि जिसका शरीर है, बुद्धि के भीतर जो संचार करता है तो भी बुद्धि जिसको जानती नहीं। अहंकार जिसका शरीर है, अंहकार के भीतर जो संचार करता है तो भी चित जिसको जानता नहीं। अक्षर जिसका शरीर है, अक्षर के भीतर जो संचार करता है तो भी अक्षर जिसे जानता नहीं। मृत्यु जिसका शरीर है, मृत्यु के भीतर जो संचार करता है तो भी मृत्यु जिसे जानती नहीं। ऐसा जो है नहीं, सर्वभूतों की अन्तरात्मा है। इससे पाप नष्ट हो गये हैं और वही एक दिव्य देव नारायण हैं। यह विद्या नारायण ने अवान्तर मन को दी थी। अवान्तर मन ने ब्रह्मा को दी थी। ब्रह्मा ने घोरांगिरस को दी थी। घोरांगिरस ने रैक्व को दी थी। रैक्व ने राम को दी थी और राम ने सब भूतों प्राणियों को दी थी। इस प्रकार यह मोक्ष का उपदेश रूप है। वेद की शिक्षा है और वेद का आज्ञारूप है।

शतमित्रु शरदो अन्ति देवा यत्रा नश्चका जरसं तनूनाम्।
पुत्रासो यत्र पितरो भवन्ति मा नो मध्या रीरिष्तायुर्गन्तो।।

– यजुर्वेद

हे देवों! मनुष्य की आयु सौ वर्ष हो। हमारे शरीर तब जाग्रस्त हों जब हमारे पुत्र पिता हो जायें, इस बीच हम जीवन यात्रा करनें वालों की आयु क्षीण न हो।

16

THE FOUNTAIN OF WISDOM

That which resides in the innermost recesses of the body—within the heart, is known as the 'Atman'. It is free of the cycle of birth and death.

The Earth is its sphere, but the Earth does not know it. Water is its body, and it is what moves in water, but the water does not know it. The glowing life-force is its body, but what moves the life-force is unknown to it, and neither does the air know it. The sky is its body, and it moves in the sky but it remains unknown to the mind.

Intelligence does not know it. Ego is its body, it moves in the ego, but consciousness does not know it. Knowing the word is its body, it moves about in the word in its body, but the word does not know it. Such is the supreme self of the elements.

It destroys all bad actions and is the divine 'Narayana'. Narayana gave this knowledge to the irreverent mind, who gave it to Brahma, who gave it to Ghoraangiras, who gave it to Raikwa, who gave it to Rama, who gave it to all beings. Thus this is the path to 'Moksha.' This is the learning and the instruction of the Vedas.

The lifespan of man is a hundred years. Let our bodies become vulnerable, when our sons become fathers. Meanwhile, let our advancing age not reduce us.

17
अक्षर ब्रह्म के तीन रूप

शांडिल्य ने अथर्वा ऋषि से पूछा, 'यह जो अक्षर ब्रह्म है, नितान्त अगम, फिर भी मंगलमय, उससे विश्व किस प्रकार उत्पन्न होता है ?' अथर्वा ऋषि ने उत्तर दिया, 'इस अक्षर ब्रह्म के तीन स्वरूप हैं–सकल, निष्कल, और सकल–निष्कल।'

जो सत्य, विज्ञान, आनन्द, निरंजन, क्रियाशून्य, सर्वतोमुखी अमर और अपरिभाषेय है, वह इस अक्षर ब्रह्म का निष्कल स्वरूप है।

मगर इस अक्षर ब्रह्म से लाल, श्वेत और काले रंग वाली सहज अविधा, जिसे माया नाम से जाना जाता है, जब मेरा तेरा का प्रसार करने लग जाती है, तब इस अक्षर ब्रह्म को सकल निष्कल नाम से जाना जाता है।

यही अक्षर ब्रह्म जब तपकर एकोऽहम् बहुष्याम की इच्छा करने लग जाता है, तब इसकी तीन आकृतियाँ, तीन पदवाली गायत्री, तीन वेद, तीन वर्ण और तीन अग्नियों से संसार का आविर्भाव हो लेता है। तब यह अक्षर ब्रह्म सब प्राणियों के हृदय में उतरकर उत्तर, पश्चिम, पूर्व और दक्षिण बनकर समस्त देवों एवं पंचमहाभूतों में संतरण करने के कारण सकलीकृत हो जाता है, वही इसका सकल रूप है।

यात्र्चा मोघा वरमिधगुणे नाथमे लब्धकामा।

– मेघदूत, पूर्वमेघ, 6

अपने से अधिक गुणवान व्यक्ति से की प्रार्थना निष्फल होने पर भी, अधम व्यक्ति से की गई पूर्ण हुई कामना की अपेक्षा अधिक श्रेयस्कर है।

17

THREE MANIFESTATIONS OF VIRTUAL REALITY

Shandilya, the progenitor of the Shandilya gotra (clan), asked Atharva Rishi, "How did the world, as we know it, evolve from the unknowable but benevolent Akshar Brahma or the divine force?"

Atharva Rishi replied, "This Akshar Brahma has three faces: Sakal (holistic), Nishkal (unproducticve) and Sakal-Nishkal. The Sakal face of Akshar Brahma is true, scientific, actionless, benevolent, immortal and undefinable. The Nishkal face of Akshar Brahma is formless, not limited by time and space. When red, white, and black coloured ignorance of Maya divides the world into 'mine' and 'yours,' it is known as the Sakal-Nishkal face of Akshar Brahma.

"When the same Akshar Brahma desires to manifest in a trinity, namely the three-tiered Gayatri, the three Vedas, three varnas, or when the three fires converge, then the evolution of the world starts. The Akshar Brahma descends or comes to reside into the heart of all creatures, becoming the four directions: north-west-south-east. When it ascends and traverses among the gods and manifests itself into the five elements it becomes the Sakal or the 'visible' face of the Akshar Brahma. These, thus are the three manifestations of the Akshar Brahma."

The partially fulfilled desire of a superior man is preferable to the fulfilled desire of a lesser man.

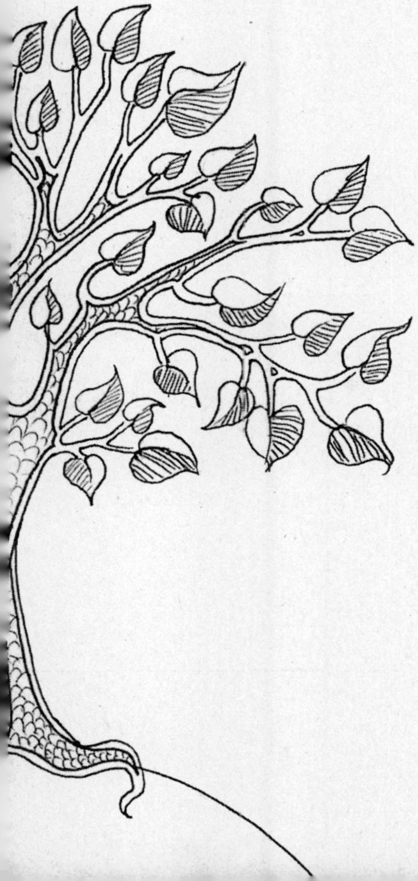

18

समाधि क्या है ?

तपस्वी ऋषियों में याज्ञवल्क्य का स्थान अत्यधिक महत्वपूर्ण है। एक बार उन्होंने सूर्य देवता से अष्टांग योग का रहस्य जानना चाहा। सूर्यनारायण ने उत्तर दिया, 'ज्ञानयुत यमाधि को अष्टांग योग कहा जाता है।'

सर्दी, गर्मी, आहार और निद्रा पर विजय, शांत स्वभाव और इंद्रियों पर नियंत्रण... ये यम हैं।

सत्य मार्ग पर प्रीति, अपने आप जो मिल जाए उस पर संतोष, एकांतवास, फल की इच्छा का अभाव और वैराग्य... ये नियम हैं। सुखपूर्वक लंबे अर्से तक एक ही स्थिति में बैठना और चिथड़ा वस्त्र धारण करना आसन कहलाता हैं।

सोलह मात्रा का पूरक, चौसठ का कुंभक और बत्तीस मात्रा का रेचक यह प्राणायाम है।

इन्द्रियों के विषय में मन को खींच लेना प्रत्याहार है। विषयों से खिंचे हुए मन को चैतन्य में स्थित करना, धारणा हैं। सब शरीरों में एकमात्र चैतन्य ही है, ऐसी स्थिरता, ध्यान है और ध्यान को भी भूल जाना समाधिक है। इस प्रकार ये योग के सूक्ष्म अंग हैं, जो इनको जानता है, वह मुक्ति को पाने वाला होता है।

एकमेवाद्वितीयं तु प्रबुवन्नावबुध्यते।
सत्यं स्वर्गस्य सोपानं पारावारस्य नौरिव।।

– मनुस्मृति

सत्य कहने वाला मनुष्य अद्वितीय समझा जाता है।
सागर में नौका के समान सत्य स्वर्ग की सीढ़ी है।

18

WHAT IS SAMADHI?

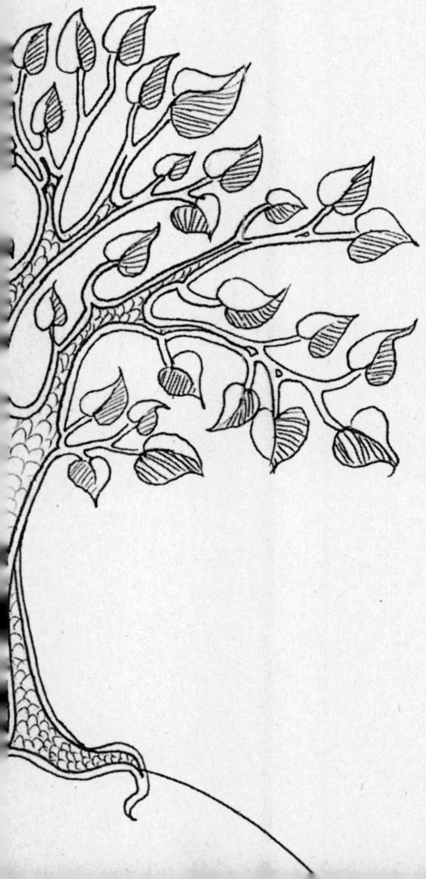

The great sage Yajnavalkya once asked the Sun God about the true essence of Ashtanga Yoga, the system of yoga that involves the withdrawal of the senses as mentioned in Patanjali's *Yoga Sutra*. The Sun God replied that practising Ashtanga endows one with control over the self.

By controlling feelings of cold, heat, hunger and tiredness, a cool-headed persona gains control over the senses. This is the state of being or 'Yama'.

Through love of the righteous path, one becomes content with whatsoever one gets in life, and loses the desire or expectation of results and renunciation. This is discipline or 'Niyama'.

By sitting for a long span of time in one kind of posture, bearing only minimal clothing, one finds stillness. This is yogic posture or 'Asana'.

A purak (inhalation) of sixteen matras (beats), a kumbhak (retention) of sixty-four counts, and rechak (exhalation) of thirty-two beats is controlled yogic breathing or 'Pranayama'.

To withdraw your mind from the senses is 'Pratyahara' (withdrawal).

To concentrate your withdrawn mind on the consciousness is 'Dharana' (concentration).

This pose of concentration is the same consciousness that resides in all bodies. This is 'Dhyana' (meditation).

To rise beyond 'Dhyana' is oneness with the universe or 'Samadhi'. One who delves into the intricacies of these attains eternal release from the cycles of birth and death. This is 'Mukti' or 'Nirvana' or 'Moksha'.

This is the true essence of Ashtanga Yoga.

He who speaks the truth has no parallel. As a boat in an ocean, truth is a step towards heaven.

19

सही संन्यास क्या है?

असंशसवतां मुक्तिः संशयाविष्ट चेतसाम्,
न मुक्ति जन्म जन्मान्ते तस्माद्विश्रासमाप्नुषात्।

अर्थात् जो संशय रहित है, वे ही मुक्त हो सकते हैं और जिनको संशय है, अनेक जन्मों के अंत में भी मुक्त नही हो सकते। इससे गुरु और शास्त्र के वचनों पर विश्वास रखना, कर्मों को छोड़ देना कुछ संन्यास नहीं है। इस प्रकार मैं संन्यासी हूँ, ऐसा कह देने से भी कोई संन्यासी नहीं हो सकता। समाधि में जीवन और परमात्मा की एकता का भान होना ही संन्यास है। जिसे समस्त इच्छाएँ उबले हुए खाने की तरह लगती हैं और जिसने देह की ममता छोड़ दी है, उसे ही संन्यास का अधिकार है। यदि सब वस्तुओं के ऊपर से मन में वैराग्य हो जाए, तभी विद्वान मनुष्य को संन्यास लेना चाहिए, नहीं तो पतन अवश्य होगा। जो मनुष्य पैसों के, अन्न के, वस्त्रों के अथवा नामवरी के लालच में संन्यास लेता है, वह दोनों तरफ से भ्रष्ट हुआ, कभी भी मुक्ति को प्राप्त नहीं हो सकता।

स्वस्ति न इन्द्रो वृद्धश्रवाः स्वस्ति नः पूषा विश्ववेदाः।
स्वस्ति नस्ताक्ष्यों अरिष्टनेमिः स्वस्ति नो बृहस्पतिर्दधातु।।

— सामवेद

विस्तृत यश वाले इन्द्र हमारा कल्याण करें, सर्वज्ञ पूषा हम सबके लिये कल्याणकार हों, अनिष्ट का निवारण करने वाले गरुड़ हम सबका कल्याण करें और बृहस्पति भी हम सबके लिये कल्याणप्रद हों।

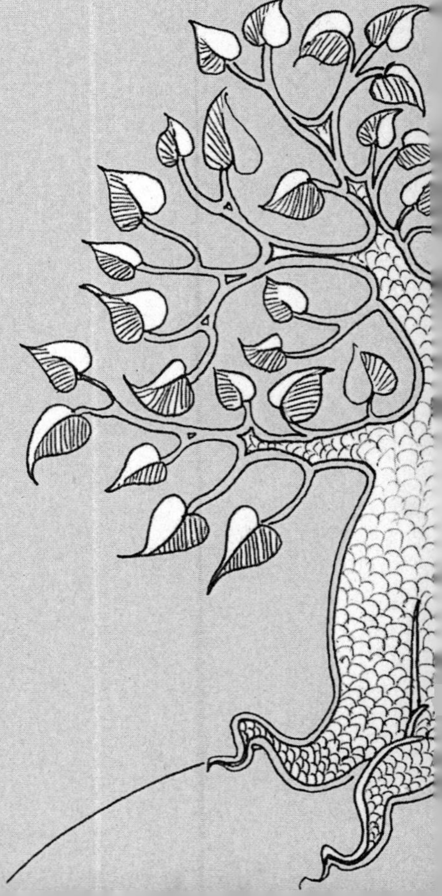

19

WHAT IS RENUNCIATION?

Only those who are not in a state of doubt but have attained a state of total belief during the cycles of birth and death can be liberated. Thus those who are truly liberated have unflinching faith in the words of the Guru and the Shastras. Freeing oneself from the compulsion to act or react is insufficient for the attainment of a state of liberation. Similarly, it is not enough to declare: "I am a sanyasi." In Samadhi, the feeling of totality or oneness of life with the greater soul is attained through the state of 'Sanyas'. When all desires are like tasteless boiled food and one has risen above all bodily desires, only then can a person have the right to Sanyas. Only once the mind is distanced from all things, should the knowledgeable take to Sanyas, otherwise one is bound to fail. One who takes to Sanyas out of desire for money, food, clothing or name will never achieve liberation.

Let the senses whose fame spreads wide look to our welfare. Let Pusha, who knows all, look to our welfare. Garuda, who prevents all harm, do good to us and Brihaspati also prove benevolent for us.

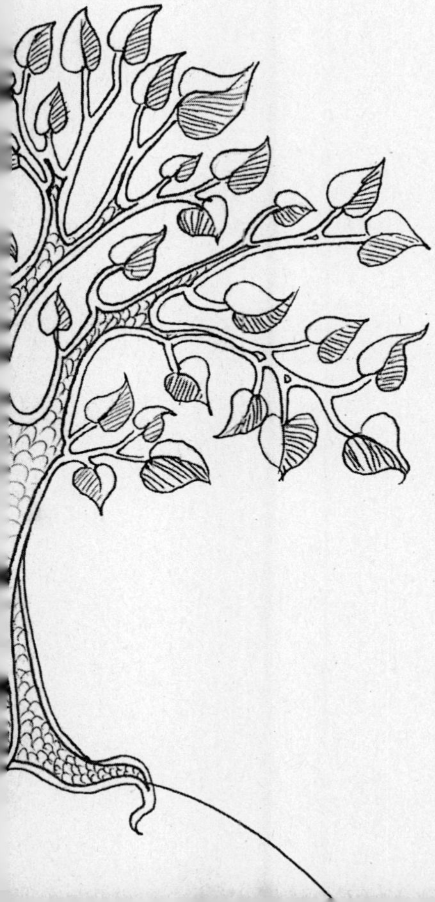

20
कृष्णं वन्दे जगद्गुरुम्

कः परमो देवः कञ्तो मृत्युर्विभेति कस्य विज्ञानेनाखिलं विज्ञानं भवति केनेद विश्व संसरतीति। एक बार मुनियों ने ब्रह्मा से पूछा, 'सर्वश्रेष्ठ देवता कौन है? मृत्यु किससे भय मानती है? किससे तत्व को भली प्रकार जान लेने पर सब कुछ जान लिया जाता है? यह जगत् किसकी प्रेरणा से आवागमन के चक्र में घूमता है?'

ब्रह्मा ने उत्तर दिया, 'सर्वश्रेष्ठ देवता श्रीकृष्ण हैं, वही गोविन्द हैं, उनसे मृत्यु भी भयभीत रहती है। उन गोपी जनवल्लभ के तत्व को जो कोई जान लेता है, उसे अनजाना कुछ भी नहीं रहता, स्वाहा रूप माया की प्रेरणा से यह सम्पूर्ण जगत् आवागमन के चक्र में पड़ा घूम रहा है।'

मुनियों ने फिर पूछा, 'श्रीकृष्ण कौन हैं? गोपी जनवल्लभ कौन हैं? स्वाहा कौन है?' कृपया स्पष्ट करें।

ब्रह्मा बोले, 'श्रीकृष्ण पापों का अपकर्षण करने वाले हैं, वही गोविन्द नाम से गौभूमि तथा वेदवाणी के जनक हरि नाम से प्रसिद्ध हैं। गोपी जनवल्लभ अविद्या के निवारक और चौंसठ कलाओं का ज्ञान भरने वाले हैं। इनकी मात्रा शक्ति स्वाहा है।

जो मनुष्य उनके इस रूप को भजता है, ध्यान करता है, वह अवश्य ही अमृतत्व को प्राप्त करता है।

गुणिनो न विदेशोऽस्ति न सन्तुष्टस्य चासुखम्।
धीरस्य च विपन्नास्ति नासाध्यं व्यवसायिनः।।

– कथासरित्सागर

गुणी मनुष्य के लिये कहीं विदेश नहीं, सन्तुष्ट के लिये कोई दुःख नहीं, धीर व्यक्ति के लिये विपत्ति नहीं और पुरुषार्थी के लिये कुछ भी असाध्य नहीं।

20

WHO IS THE GREATEST OF GODS?

Once upon a time, the sages asked Brahma, "Who is the greatest among the gods? Who does death fear? Who can teach the knowledge of the five elements and thus teach everything? At whose direction does the universe move in the perpetual cycles of birth and death?"

Brahma replied, "The highest of gods is Shri Krishna. He is Govinda. Even death is frightened of him. If anyone truly comes to know him, the one who is the beloved of the gopis, he knows all. It is at the instigation of Maya, the variable and the destructible, that the universe is moving like the cyclic wheel of life and death."

The sages requested, "Please make clear who is Shri Krishna? Who is the beloved of the gopis? What is Swaha?"

Brahma said, "Shri Krishna is the one who repels all that is sinful. Known in the Goubhumi (the idyllic land of cow and cowherds, Vrindavan) as Govinda he is also regarded as the father of the Vedas or as the Shri Hari. He removes all ignorance and has the knowledge of the sixty-four arts and this dimension of force is known as Swaha.

Those who worship this form of Shri Hari, and meditate on him, will attain total bliss and immortality.

For the talented no country is foreign, for the contented there is no unhappiness, for the patient there is no adversity, and for the determined there is nothing impossible.

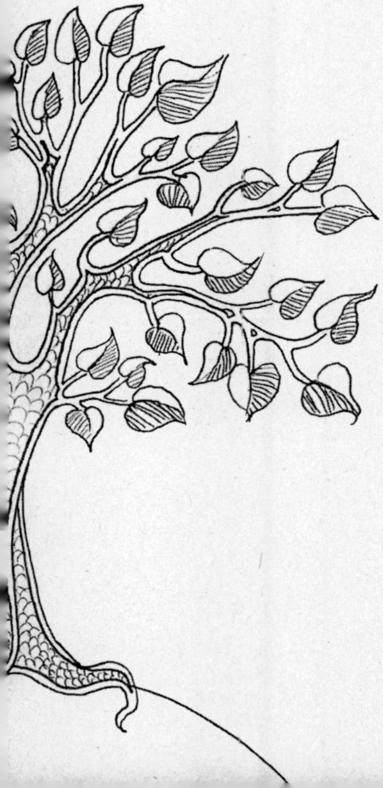

21
आत्म जगत

ऋषि उद्दालक ने अपने पुत्र श्वेतकेतु से कहा

'हे श्वेतकेतु! इस वट वृक्ष का एक फल ले आ।'

'भगवन्! ले आया।'

'इसे तोड़ डाला।'

'भगवन्! तोड़ डाला।'

'इसमें क्या देखता है?'

'भगवन्! बहुत से सूक्ष्म बीज दिखाई देते हैं।'

'इन बीजों में से एक को तोड़ डाल।'

'भगवन्! तोड़ डाला।'

'इसमें क्या दिखायी पड़ता है?'

'भगवन्! इसमें कुछ दिखायी नहीं पड़ता।'

पिता उद्दालक ने कहा इस सूक्ष्म वट बीज के जिस अति सूक्ष्म भाव को तू नहीं देख सकता, उसी में इतना विशाल वट वृक्ष स्थित है।

हे सौम्य! श्रद्धाकर वह सूक्ष्म भाव वाला जो आत्म जगत् है वह सत्य है और हे श्वेतकेतु! तू भी वैसे ही सत्य है।'

द्वे कर्मणी नरः कुर्वन्नन्मिंल्लोके विरोचते।
अब्रुवन्नपरुषं किञ्चिदसतोअनर्चयंस्तथा।

– महा. उद्योगपर्व 33/54

केवल दो कार्य करने वाला मनुष्य इस लोक में शोभा को प्राप्त होता है– एक तो किसी से कठोर शब्द नहीं बोलना और दूसरा अनार्य व्यक्ति का आदर नहीं करना।

21

SELFHOOD

Rishi Uddalak, one of the great philosophers of ancient India whose teachings are recorded in some of the Upanishads, said to his son Shwetaketu, "O Shwetaketu! Bring a fruit from this banyan tree."

"Bhagwan! I have got it."

"Now break it."

"Bhagwan! I have broken it."

"What do you see in it?"

"Bhagwan! Innumerable small seeds."

"Break one of these."

"Bhagwan, I've broken it."

"Now look into this."

"Bhagwan I cannot see anything now."

Uddalak said, "In this finest seed which is invisible to your eyes, resides the soul of this huge tree. The nebulous and invisible feeling that is 'selfhood' is the world of the 'Self,' which is the only truth, like you Shwetaketu."

Only two kinds of people enhance their prestige in this world. Those who do not speak harshly and those who are not disrespectful to even one who is not cultured.

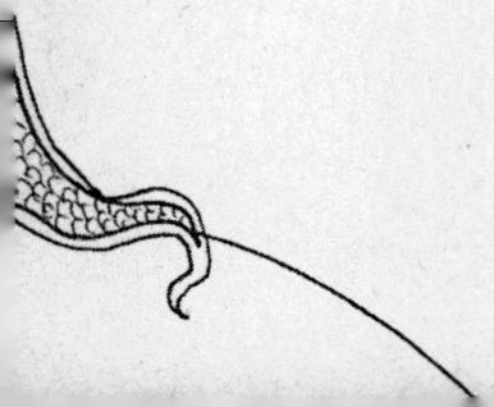

22

मनुष्य को कितना चाहिए

जो राजा अकेला ही समूची पृथ्वी पर एकछत्र शासन करता है वह भी अपने राज्य की किसी एक नगरी (राजधानी) में ही निवास करता है। उस नगरी में भी उसका निवास सिर्फ किसी एक ही मकान में होता है। उस भवन के किसी एक ही कक्ष में उसकी शय्या होती है। उस शय्या के एक ही भाग में उसे सोना पड़ता है, आधे में उसकी अर्धांगिनी सोती है। हर दिन वह अधिक से अधिक कुछ मुट्ठी अन्न ही खा पाता है। इस सबके बावजूद एक मूर्ख अपने को समस्त भूमण्डल का मालिक समझता है। यही देहधारियों के दुःख और संताप का कारण है।

न जातु कामः कामानामुपभोगेन शाम्यति।
हविषा कृष्णवर्त्मेव भूय एवाभिवर्धते।।

— मनुस्मृति 2/94

कामनाओं के उपभोग से कामना कभी शान्त नहीं होती, अपितु घृत से अग्नि की भाँति वह कामना फिर और अधिक बढ़ती हैं।

22

HOW MUCH DOES A MAN NEED?

Of all his kingdom, a king stays only in his capital. And in his capital, he resides only in his palace. In his palace, he sleeps only on his bed. On the bed, he sleeps only on his side—the other half of the bed is occupied by his wife. Every day he eats a few morsels of food. In spite of all this, he is foolish enough to think of himself as the king of the world. The failure to understand the limits of the self and its ownership, this causes sorrow and pain for all creatures.

Desires are never extinguished if one tries to
satiate them; the way ghee makes a fire
burn brighter, so does immersion in the senses only increase desire.

23
एक तरफ क्यों नहीं होता

स्वामी रामतीर्थ, सवेरे सवेरे टहलने निकले थे। मन में द्वंद्व था। संन्यास लूँ न लूँ, नौकरी छोड़ूँ। सामने से सफाई करने वाली सर पर टोकरा रखे आ रही थी। रामतीर्थ उसे राह देने के लिए एक ओर हुए। इत्त्फाक से वह औरत भी उसी तरफ से बच निकलने को तत्पर हुई तो रामतीर्थ दूसरी ओर हुए। घबराकर वह औरत भी उसी तरह दूसरी ओर मुड़ी। तीसरी बार फिर जब ऐसा ही होने को था तो वह औरत चिढ़कर, जोर से बोली, 'एक तरफ क्यों नहीं होता।'

रामतीर्थ को जैसे आदेश मिल गया। उन्होंने उसी दिन त्यागपत्र दे दिया।

कल्पान्तेप्यचलंकुलाद्रिविजयी स्थैर्यं हि धीरात्मनाम्।

– कथासरित्सागर, 12/30/48

धीरात्मा व्यक्तियों का पर्वत को भी जीतने वाला स्थैर्य कल्प के अन्त में भी अचल रहता है।

23

WHY DON'T YOU STEP ASIDE?

One morning, Swami Ramteertha went out for a stroll. He was in a dilemma—should he renounce the world, or not? A woman carrying garbage on her head came towards him. To give him way, she stepped to one side. But to give her way, he too stepped to the same side. They kept trying to yield the way to the other, but instead kept getting into each other's way. The woman, exasperated, said, "Why don't you choose a side?"

It was as if Ramteertha had got his orders. That very day, he renounced the world.

Patient people remain patient till the very end.

24
खोने–पाने का सुख

एक राजा हुए हैं सुरथ। उन्होंने अपने आस–पास के सभी राज्यों को जीतकर अपने साम्राज्य का बहुत विस्तार किया, मगर तब भी उन्होंने अनुभव किया कि उनका मन बेहद अशांत रहता है। एक शाम वे अपने गुरु त्रितल के आश्रम में गये। त्रितल ने उनसे कहा, 'तुम पश्चाताप की अग्नि में जल रहे हो। तुमने अत्यधिक तमाम युद्ध कर दूसरे राजाओं की संपत्ति हड़प ली है। तुम्हें शांति भला क्योंकर मिलने लगी।' सुरथ तत्काल अपनी राजधानी लौटे और न सिर्फ उन राजाओं की भूमि और संपत्ति ही उन्हें लौटा दी, बल्कि अपनी संपत्ति भी गरीबों में बाँट दी। दान कर दी। इस तरह गैरिक वस्त्र पहनकर वे अपने गुरु त्रितल के आश्रम में आकर रहने लगे, मगर अशांत वे अब भी थे। उन्होंने गुरु त्रितल से पूछा, 'गुरुजी, अब भी मुझे चैन क्यों नहीं मिल रहा?' गुरु ने सुझाया कि जाकर अपने ही राज्य में भिक्षा माँगो। सुरथ ने कहा, 'यह तो बड़ी अपमानजनक स्थिति होगी।' त्रितल ने कहा, 'जाओ तो....' अब सुरथ एक भिक्षापात्र लेकर अपनी राजधानी लौटे। प्रजा ने जैसे ही अपने प्रिय राजा को भिक्षापात्र लिये हुए और गेरुए वस्त्रों में देखा तो सभी उनसे लौट आने का अनुरोध करने लगे। सुरथ ने आश्रम लौट कर फिर गुरु त्रितल से परामर्श किया। त्रितल ने कहा, 'तुम योग्य शासक थे। लोग तुम्हें प्यार करते हैं। इसलिए जाओ और फिर से राजकार्य संभालो।' गुरु की आज्ञा मानकर सुरथ फिर से राजकार्य करने लगे।

एक शाम त्रितल राजमहल में आये। सुरथ ने गुरु से सवाल किया, 'मैंने आपके कहने पर सब कुछ छोड़ा था। तब फिर आपने मुझे दोबारा क्यों मायाजाल में फँसाया?' त्रितल ने उत्तर दिया, 'क्योंकि तुम सब कुछ पाकर भी अशांत थे। इसलिए मैंने तुमसे सब छुड़वा दिया। सब कुछ खोकर फिर से पाने का एक सुख है और अब क्योंकि तुम्हें छोड़ना आ गया है, इसलिए तुम अब अशांत न रहोगे।'

केषां न स्यादभिमतफला प्रार्थना ह्युत्तमेषु।

– मेघदुत, उत्तरमेघ, 60

उत्तम व्यक्तियों से की गयी किसकी प्रार्थना अभीष्ट फल प्रदान करने वाली नहीं होती।

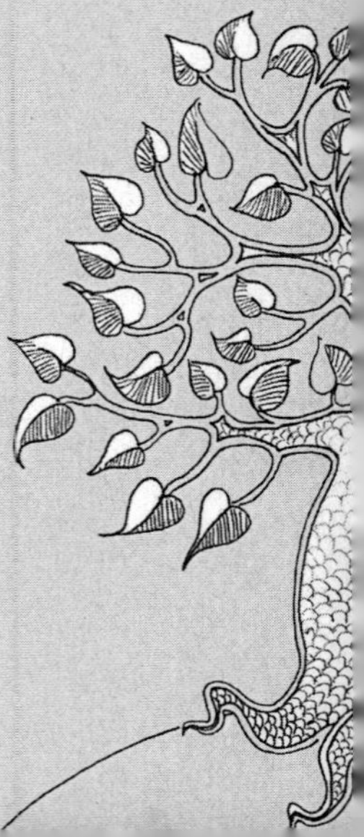

24

LETTING GO

There was a king called Surath. He conquered many kingdoms and thus extended his kingdom far and wide but his mind was not at peace. One evening he went to his Guru Trital's ashram. Trital said, "You are burning in the fire of repentance. You have amassed the wealth of others though war. How will you get peace?"

Surath rushed back to his capital immediately. He not only returned the territories and wealth to the conquered kings but also gave away his own wealth to the poor. He moved to Guru Trital's ashram and wore the saffron robe of renunciation. But his restlessness remained.

He asked the Guru, "Why am I devoid of peace even now?" Guru asked, "Go and beg in your city," Surath said, "But this will be very humilating." Trital said, "Go, try..."

So Surath returned to his capital with a begging bowl. When his subjects saw their king saffron-clad, with a begging bowl in hand, they asked him to come back to his throne. Surath returned to the Guru and once again sought advice. Trital said, "You are a capable ruler. Your subjects are fond of you. Go and manage the administration again." On hearing his guru's orders Surath returned.

One evening Guru Trital came to Surath's palace. Surath asked the guru, "I had left everything at your bidding. Why did you advise me to return and be mired in Maya again?" Trital said, "Because even after getting everything, you were not at peace. So I made you give up everything. There is a pleasure in regaining what was lost. And now that you've learnt to give up, you will be at peace."

25
बनना–बिगड़ना

यहूदियों की रहस्य परंपरा में बालसेमतोव, मागिद और जूसिया आदि कई बड़े संत हुए हैं।

मागिद, किशोरावस्था में ही, बालसेमतोव से रहस्यसाधना–सीखने आ गया था। वर्षों बाद, पास के गाँव में एक सायनागॉग (प्रार्थना घर) बना। लोगों ने मागिद से विनती की कि वह उस सायनागॉग का महाधीश बनना स्वीकार करे। मागिद ने मना कर दिया। अगले वर्ष लोग फिर वही प्रस्ताव लेकर आए। मागिद ने फिर वही उत्तर दिया। तब उन लोगों ने बालसेमतोव से प्रार्थना की कि अपने शिष्य को समझायें। बालसेमतोव ने मागिद से कहा : 'अगर तुम मठ का भार नहीं संभालोगे, इन लोगों की प्रार्थना ठुकराओगे तो तुम्हारा यह लोक तो बिगड़ेगा ही परलोक भी बिगड़ेगा।' मागिद ने उत्तर दिया : 'मैं आपको समर्पित हूँ। कुछ बनने यहाँ आया हूँ। मठाधीशी मेरा लक्ष्य भी नहीं, न मैं उस योग्य हूँ। लक्ष्यच्युत होते ही मेरा बनना बिगड़ जायेगा। और जब मेरा बनना बिगड़ जायेगा, तो क्या लोक और क्या परलोक सब बेमानी हो जायेगा?'

एकादशं मनो ज्ञेयं स्वगुणेनोभयात्कम्।
यसमिञ्जिते जितावेतौ भवतः पन्चकौ गणौ।।

– मनुस्मृति, 2/92

दोनों प्रकार की इन्द्रियों (ज्ञानेन्द्रिय और कर्मेन्द्रिय) के गुण से युक्त मन ग्यारहवीं इन्द्रिय है। इसे वश में कर लेने पर वे दोनों पाँच–पाँच इन्द्रियाँ भी वश में हो जाती हैं।

25

OF MAKING AND UNMAKING

In Jewish mystical tradition there has many great saints like Baal Shem Tov, Magid and Jusia. Magid was very young when Baal Shem Tov initiated him into the Jewish mystical tradition. Many years later, a synagogue was built in a nearby village and the people requested Magid to become the head rabbi. Magid refused. The next year people came with the same request. Magid again refused. Then the people pleaded with Baal Shem Tov to convince his disciple. Baal Shem Tov told Magid, "If you don't take up the responsibility of the synagogue, and answer the prayers of these people, then you will spoil both this life and after-life for yourself." Magid replied, "I am dedicated to you. I've come to become something here. Becoming head rabbi is not my aim, nor am I capable of it. If I swerve from my goal, it will be my unmaking. And if I am not made, then what is after-life or present-life—everything is meaningless."

Manas or Mind is the eleventh sense, associated with the ten other senses—five of cognition, and five of action. By controlling the mind, all the senses can be brought under control.

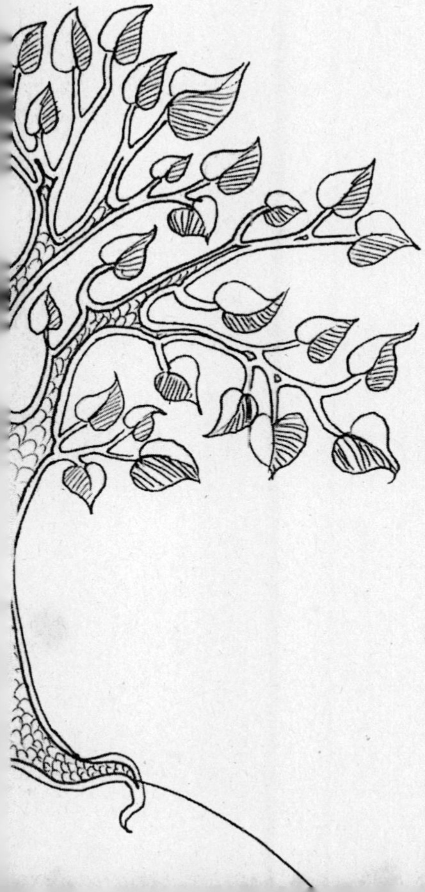

26
तत्त्व वेत्ता भगवान महावीर

तत्व निरूपण में भगवान महावीर ने अत्यधिक सूक्ष्म एवं सतर्क भाषा का प्रयोग किया है। एक बार सोमिल ने भगवान से पूछा : 'आप एक हैं या दो? अक्षय, अव्यय, अवस्थित हैं या परिवर्तनशील?'

भगवान महावीर ने उत्तर दिया।

'सोमिल। मैं एक भी हूँ और दो भी।'

सोमिल ने कहा, 'वह कैसे भगवन्?'

तीर्थंकर महावीर ने उत्तर दिया :

'द्रव्य की दृष्टि से मैं एक हूँ, सोमिल, मगर ज्ञान और दर्शन की दृष्टि से दो। आत्मप्रदेश की दृष्टि से मैं अक्षय हूँ। अव्यय हूँ और अवस्थित हूँ मगर भूत, भावी काल में विविध विषयों पर होने वाले परिणाम की दृष्टि से परिवर्तनशील भी हूँ।'

योविषादे प्रसहते विक्रमे समुपस्थिते।
तेजसा तस्य हीनस्य पुरुषार्थो न सिद्धति।।

— वा.रामा.कि.का., 64/10

पराक्रम का अवसर उपस्थित होने पर जो मनुष्य विषाद–ग्रस्त हो जाता है उस तेज–रहित व्यक्ति का पुरुषार्थ सिद्ध नहीं होता।

26

REVERED LORD MAHAVIR

Bhagwan Mahavir would use exceedingly fine and meticulous language to elucidate difficult concepts. One day his disciple Soumil asked Bhagwan, "Are you one or two? Unfailing, immortal, steady, or changing?"

Bhagwan replied, "Soumil, I am both one and two."

Soumil said, "How, Bhagwan?"

Tirthankar Mahavir replied, "From the materialistic view I am one, but from the perspective of knowledge and philosophy I am two. From the perspective of the self, I am unfailing. I am immortal and steady, but from the perspective of the changes underway at different times, I am changeable."

One who gets disheartened at the prospect of defeat will not find success even in his spiritual ventures.

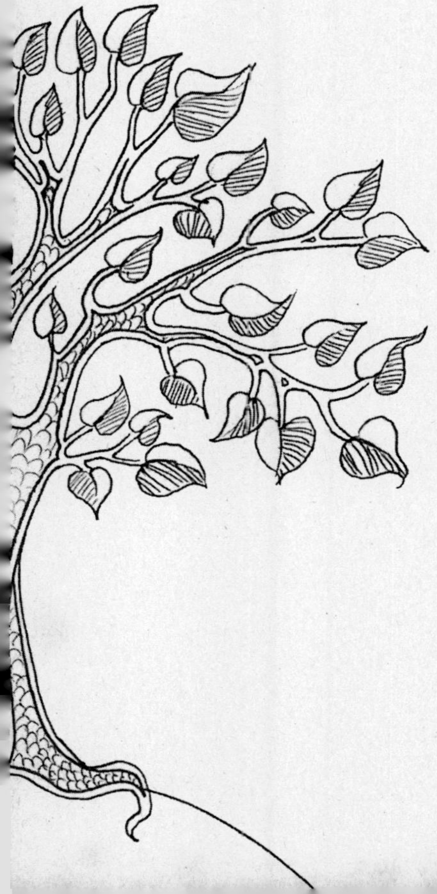

27
त्रिपदी की त्रिपथगा

इन्द्रभूति गणधर ने भगवान महावीर से प्रश्न किया : 'तत्व क्या है?

भगवान ने उत्तर दिया : 'यही कि पदार्थ उत्पन्न होता है।'

इन्द्रभूति : 'भंते! पदार्थ उत्पत्ति धर्मा है तो वह लोक में समायेगा कैसे?'

भगवान : 'पदार्थ नष्ट होता है।'

इन्द्रभूति : पदार्थ विनाश धर्मा है तो वह उत्पन्न होगा और नष्ट हो जायेगा फिर शेष क्या रहेगा?

भगवान : 'पदार्थ ध्रुव है।'

इन्द्रभूति : 'भगवन्! जो उत्पाद व्ययधर्मा है, वह ध्रुव कैसे होगा? क्या उत्पाद व्यय और ध्रौव्य में विरोधाभास नहीं है?'

भगवान : 'यह विरोधाभास नहीं, सापेक्ष दृष्टिकोण है। कुटिया में अंधकार था। दीप जला कि प्रकाश हो गया। वह बुझा कि फिर अंधकार हो गया। प्रकाश और अंधकार पर्याय हैं। इनका परिवर्तन होता रहता है। परमाणु ध्रुव है। उनका अस्तित्व तामस और तेजस दोनों पर्यायों में अखंड और अबाध रहता है।'

इसे भगवान महावीर की त्रिपदी की त्रिपथगा कहा जाता है।

ओउम् भूर्भुवः स्वः। तत्सवितुर्वरेण्यं भर्गो देवस्य धीमहि।
धियो यो नः प्रचोदयात्।।

— यजुर्वेद, 36/3

सत्, चित्, आनन्दस्वरूप और जगत् के सृष्टा ईश्वर के सर्वोत्कृष्ट तेज का हम ध्यान करते हैं। वह हमारी बुद्धि को शुभ प्रेरणा दे।

27

TRIPADI: THE SACRED TEXT OF JAINISM

Once Indrabhuti Ganadhar, a prime disciple of Bhagwan Mahavir, asked him, "What is the essential philosophical truth?"

Bhagwan replied, "It is that matter evolves."

Indrabhuti asked, "If evolution is the principle, then how does it merge with this world?"

Bhagwan said, "Matter decays."

Indrabhuti asked, "If the destruction of matter is the principle, then what remains?"

Bhagwan said,"Matter is eternal."

Indrabhuti asked, "How can the evolving thing that decays be immortal? Is there no contradiction here?"

Bhagwan said, "This is not contradiction, it is relative outlook. There was darkness in a hut. As soon as the lamp was lit it became illuminated again. Once the oil was used and the flame extinguished, everything was submerged in darkness again. Light and darkness are phases. They keep changing. But the atom is eternal. It remains in both the positive light force and the negative darkness."

Such is the teaching of the Jain canonical scriptures *Tripitaka* or 'Three Baskets' compiled in *tripadis* or three-lined stanzas.

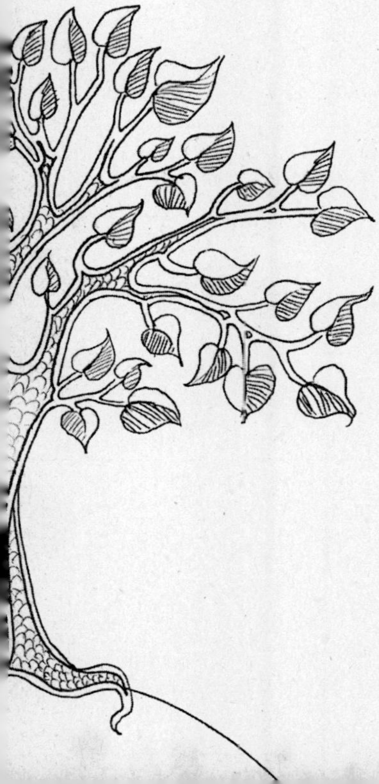

We meditate on the divine Creator's superior energy that is truthful, conscious and the epitome of blissfulness. May he urge our intelligence with positive inspiration.

28
उठिये ब्रह्मर्षि

विश्वामित्र, वसिष्ठ से ईर्ष्या करते थे। क्षत्रिय थे। फिर भी, महर्षि होना चाहते थे। उन्होंने हरिश्चन्द्र को भिखारी बना दिया। वसिष्ठ की गौ नंदिनी का बलात् अपहरण करना चाहा। वसिष्ठ पर आक्रमण किया, मगर वसिष्ठ के ब्रह्मदण्ड को छूकर विश्वामित्र के सभी दिव्यास्त्र नष्ट हो गए। उन्होंने गायत्री मंत्र की रचना कर, वर्षों कठोर तप किया। ब्रह्मा ने उन्हें समझाया, 'स्पर्द्धा, हीनभावग्रस्त प्राणी का लक्षण है। दूसरों को नीचा दिखाने के लिए किया श्रम अन्ततः अकारथ जाता है। अगर वसिष्ठ ही आपको ब्रह्मर्षि मान लें, तभी आप ब्रह्मर्षि हो सकेंगे, वरना आप राजर्षि हैं, राजर्षि ही रहेंगे।' यह सुनकर विश्वामित्र की ईर्ष्याग्नि और भड़क गयी। उन्होंने वसिष्ठ के सौ पुत्रों का वध करवा दिया और स्वयं वसिष्ठ को मार डालने के लिए उनके आश्रम में आ छिपे।

चाँदनी रात थी। वसिष्ठ अपनी पत्नी अरुन्धती के साथ बाहर बैठे थे, 'कैसी निर्मल ज्योत्सना है!' अरुन्धती ने कहा। वसिष्ठ बोले, 'हाँ, बिल्कुल विश्वामित्र के तप जैसी निर्मल।' विश्वामित्र छिपे खड़े थे। उन्होंने जब वसिष्ठ के ये वाक्य सुने तो उनका हृदय धिक्कार उठा, एकान्त में बैठा जो अपने सौ पुत्रों के हत्यारे की प्रशंसा कर रहा है, उस महापुरुष को मारने आया है तू? विश्वामित्र तत्काल सामने आकर वसिष्ठ के पैरों पर गिर पड़े। वसिष्ठ ने उन्हें झुककर उठाते हुए कहा, 'उठिए ब्रह्मर्षि।'

मुग्धेषु कः सत्यमृषाविवेकः।

– नैषधीयचरित, 8/18

मोहित व्यक्तियों को सत्य–असत्य का विवेक कहाँ?

28

THE MAKING OF A RISHI

Vishwamitra was jealous of Vashistha. He was a Kshatriya but wanted to become a Maharshi, the greatest of the saints. He made a pauper of King Harishchandra. He tried to steal Vashishtha's cow Nandini. He attacked Vashishtha. But the mere touch of Vashishtha's Brahmadanda destroyed all the divine weapons of Vishwamitra.

Then Vishwamitra created the Gayatri mantra, invoking the Sun god, and for years did severe penance.

Brahma said, "Competition is the quality of a mean-minded creature. The labour undertaken to demean somebody else is always futile. If Vashishtha regards you as a Brahmarshi, sage among the gods, only then you will become one. Or else you will merely remain a Rajarshi, a sage among the kings."

This fuelled Vishwamitra's jealousy further. He had Vashishtha's hundred sons killed and hid in Vashishtha's ashram, aiming to murder Vashishtha himself.

It was a moonlit night. Vashishtha was sitting outside with his wife Arundhati. "What clear moonlight!" she said to her husband. "As pure as Vishwamitra's *tapasya* (penance)," said Vashishtha.

When Vishwamitra heard this he was filled with remorse and guilt. How could he even think of killing the man who, in his quietude, could praise the killer of his hundred sons in such a calm and collected way? Vishwamitra emerged from the shadows and fell at Vashishtha's feet. Vashishtha bent down, and lifting him said, "Arise, Brahmarshi."

An enamoured man has no consciousness of right and wrong.

29

वात्सल्य–महिमा

विजेता श्रीराम जब साकेत लौटे तौ कैकेयी ने कहा : 'इस अन्तराल में जिस पश्चाताप और ग्लानि की पीड़ा से होकर मैं गुजरी हूँ उसे सिर्फ मेरा हिया जानता है। राम! तुम्हें दोबारा पाकर, ग्लानि तो मेरी घुल गयी, अब सिर्फ एक प्रार्थना है।'

प्रश्नातुर दृष्टि से राम ने कैकेयी की ओर देखा। कैकेयी बोली : 'तुम्हें जन्म देने का, अगले जन्म में सौभाग्य भी मुझे प्राप्त हो।'

श्रीराम ने हँस कर कहा : 'जननी तो तुम हो पाओगी, मगर क्योंकि तुमने मेरे पिता के वात्सल्य को रौंद डाला, इसलिए मुझे जन्म देकर भी, वात्सल्य सुख से तुम वंचित रह जावोगी।' यही हुआ, देवकी श्रीकृष्ण को जन्म देकर मथुरा के कारागार के अंधकार में तड़प कर रह गयी।

स्योना पृथिवी नो भवानृक्षरा निवेशनी।
यच्छा नः शर्म सप्रथाः।

अप नः शोशुचदघम्।।

— यजुर्वेद, 35/21

हे पृथ्वी! सुखपूर्वक योग्य होकर तुम हमारे लिये शुभ हो, हमें कल्याण प्रदान करो। हमारा पाप विनष्ट हो जाये।

29

THE GLORY OF A MOTHER'S AFFECTION

When the victorious Shri Rama returned to Ayodhya, Kaikeyi, his step mother who had had him banished, said, "Only my heart can know the burning repentance and pain I have felt in your absence. Rama, now that you are back, my suffering has lessened, but I have a prayer for you."

Rama looked questioningly at Kaikeyi. "May I be your real mother in my next life?" she said.

Shri Rama laughed. "You will become my mother, but because you killed my father's affection, even after giving birth to me, you will be deprived of the pleasures of motherhood," he said.

Shri Rama's words came true when Devaki gave birth to Shri Krishna within the prison walls of Mathura, but was left yearning for her son who was smuggled out in secret in order to save his life.

O Earth! You are lucky for us being happily capable. Endow us with your benevolence. Let our sins be destroyed.

30
नाम और राम

रामेश्वरम् के समुद्र में, राम का नाम लिखकर श्रीराम की सेना जब पत्थर फेंकने लगी, तो सबने देखा, पत्थर तैर रहे हैं। सभी के साथ श्रीराम ने भी यह दृश्य देखा। उन्होंने सोचा मैं भी क्यों न यही करूँ, मगर आश्चर्य, उनका फेंका पत्थर डूब गया। हनुमान पास खड़े थे। उन्होंने श्रीराम से कहा, 'भक्त की निष्ठा और भक्ति का प्रताप आप कैसे जान पायेंगे? और फिर जिसे आपके हाथ का स्पर्श मिल गया हो, उसे आप फेंक दें तो ग्लानि में वह तो गहरे ही में जायेगा, वह भला क्यों कर उतरायेगा।'

अश्वमेधसहस्त्रं च सत्यं तुलया धृतम्।
अश्वमेध सहस्त्राद्धि सत्यमेव विशिष्यते।।

— महा. आदिपर्व, 75/10

सहस्त्र अश्वमेध और सत्य को तुला पर तोलने से, सहस्त्र अश्वमेध यज्ञों की अपेक्षा सत्य ही विशिष्ट रहता है।

30

THE POWER OF DEVOTION

In the ocean of Rameshwaram, when Rama's army began throwing stones with Rama's name written on them, everybody including Shri Rama saw stones miraculously floating on the ocean's surface. Shri Rama thought, let me also try! But the stones he threw sunk to the bottom. Hanuman was standing close by. He said to Shri Rama, "You must realise that it is the *bhakta*'s (devotee) devotion and the power of that devotion that keep the stones afloat. Anything touched by your hands and thrown away will sink deep with guilt. How could it ever rise up again, once thrown out by you?"

If a hundred thousand Ashwamedha Yajnas (elaborate sacrificial rituals) and truth are weighed, the latter will remain heavier and special.

31
हे पुत्र, तू वही है

उद्दालक ऋषि ने अपने पुत्र से कहा, 'हे श्वेतकेतु, जिस प्रकार मधुमक्खियाँ मधु लेने के लिए अनेक प्रकार के वृक्षों का रस लाकर उन सबको एक रस कर देती हैं। जिस प्रकार वे एकसार रस यह घोषणा नहीं करते कि मैं अमुक वृक्ष के पुष्प का रस हूँ, मैं अमुक हूँ, इसलिए भिन्न हूँ, उसी प्रकार ये सब प्राणी सत् को प्राप्त कर यह नहीं जान पाते कि हम सत् हो गये हैं। इस लोक में व्याघ्र, सिंह, भेड़िया, वराह, कीट, पतंग, डांस, मच्छर आदि जो–जो होते हैं, वे ही पुनः हो जाते हैं, यह जो अणुरूप वाला, आत्मजगत् है, यही सत्य है। हे श्वेतकेतु, तू वही है।'

अलोकसामान्यमचिन्त्यहेतुकं द्विषन्ति मन्दाश्चरितं महात्मनाम्।

– कुमारसम्भव, 5/75

केवल मन्दबुद्धि लोग ही महापुरुषों के अलौकिक और अचिन्त्य चरित्र के प्रति विद्वेष रखते हैं।

31

THE HONEY AND THE FLOWER

Uddalaka Rishi said to his son Shwetaketu, "When honeybees gather nectar from flowers of different trees and make it one, the honey does not declare that it is from this flower or from that tree. In the same way all creatures that have attained ultimate Truth cannot distinguish between themselves and that Truth. All living beings—lions, wolves, tigers, crocodiles, insects, or mosquitoes—are trapped in the cycle of birth and rebirth. This elemental universe of the Self is Truth. Shwetaketu, you are Him."

It is only the ill-willed, lesser-gifted people who question the divine element of saints.

32
श्रीकृष्ण की भूख

इध वस्सं बसिस्सामि इध हेमन्तगिम्हिसु
इति बालो विचिन्तेति, अन्तरायं न बज्झति।

— धम्मपद

'यहाँ वर्षा ऋतु में रहूँगा, यहाँ हेमंत और ग्रीष्म में' इस प्रकार मूर्ख सोचता है, वह मृत्यु को नहीं जानता।

वनवास के शुरू में युधिष्ठिर की तपस्या से प्रसन्न होकर सूर्यदेव ने उन्हें एक अक्षयपात्र दिया और कहा कि इस पात्र में द्रौपदी, हर दिन, असंख्य लोगों को भोजन खिला सकेगी। मगर रात होते–होते इस पात्र की क्षमता, दूसरा सवेरा होने से पहले तक के लिए विलीन हो जायेगी, इसलिए हर दिन युधिष्ठिर के आश्रम में सैकड़ों अतिथियों को भोजन देकर अंत में खुद भी खाकर द्रौपदी वह पात्र धोकर रख देती। दूसरी सुबह फिर वही सिलसिला शुरू होता।

एक शाम दुर्वासा मुनि ने संदेश भेजा कि वे अपने एक हजार शिष्यों के साथ स्नानादि करके भोजन के लिए युधिष्ठिर के आश्रम में आ रहे हैं। द्रौपदी ने जब ये सुना तो बहुत घबराई। थोड़ी देर में अपने एक हजार शिष्यों के साथ दुर्वासा आ जायेंगे, तब वह उन्हें क्या खिलायेगी। द्रौपदी ने मन ही मन कृष्ण को पुकारा। वह जब–जब अकेली और असहाय होती, तब कृष्ण को ही आवाज देती थी। उसने कहीं कहा भी है और दावे के साथ कहा है कि श्रीकृष्ण, चार कारण हैं जिनकी वजह से तुम्हें मेरी रक्षा करनी ही पड़ेगी। एक तुम मेरे सखा हो। दो मेरे सम्बन्धी हो। तीन मेरे स्वामी हो और अंततः मेरे सर्वस्व हो। वह याद कर ही रही थी कि वासुदेव कहीं से आकर सीधे द्रौपदी की रसोई के सामने खड़े हो गये और बोले, 'कृष्णा, मुझे बड़ी भूख लगी है, कुछ खाने को दो।' द्रौपदी और दुविधा में पड़ गयी। बोली, 'सबको खिलाकर स्वयं भी खाकर मैंने वह पात्र भी धोकर रख दिया है। भगवान सूर्य का दिया हुआ वह अक्षयपात्र तो अब कल तक खाली ही रहेगा। मैं घबरा रही हूँ कि अभी दुर्वासा जी भी आते होंगे।'

श्रीकृष्ण ने देखा–उसके एक छोर पर चावल का एक कण और साग की एक पत्ती लगी रह गयी है। द्रौपदी यह देखकर और भी लजा गयी कि पात्र ठीक से धुला भी नहीं। बहरहाल, श्रीकृष्ण ने वह चावल और साग की पत्ती मुँह में रखकर मन ही मन कहा, जो सारे विश्व में व्याप्त है, सारा विश्व जिसका प्रतिबिम्ब है, यह उस हरि का भोजन हो। बाहर आकर श्रीकृष्ण ने भीम को भेजा और कहा, 'जाओ, दुर्वासा को शिष्यों सहित ले आओ।' दुर्वासा ने भीम से कहा, 'हम सबका पेट तो इतनी बुरी तरह भरा हुआ है कि हमसे उठा भी नहीं जाता। युधिष्ठिर से कहना कि असुविधा के लिए हमें क्षमा कर दें।'

32

KRISHNA AND THE AKSHAYPATRA

At the beginning of Yudhishthira's exile, pleased by his penance, the sun god gave Yudhistira an *akshaypatra* (vessel which is always full) and said Draupadi could feed hundreds of people everyday using it. During the night the power of the *akshaypatra* would decline and vanish but by the morning it would be restored again. Everyday Yudhishthira fed hundreds of guests in his ashram and at the end of the day, Draupadi would eat something and then wash the *akshaypatra*.

One evening, after they'd eaten, Durvasa sent a message that he was coming to Yudhishthira's ashram with hundreds of followers. When Draupadi heard this, she panicked and began to pray to Krishna. In her prayers, she gave the four reasons why Krishna should protect her. "One, you are my friend. Second, you are my relation. Third, you are my god. And fourth, you are my everything."

Suddenly Krishna appeared and said to her standing in front of the kitchen, "Give me something to eat." Draupadi said, "After everybody had their food I washed the vessel and kept it away. The *akshaypatra* will only work in the morning again. I am scared what will happen if Durvasa and his followers were to appear now."

Krishna saw that in a corner of the vessel there remained a grain of rice and a piece of green leafy vegetable. Draupadi was embarrassed that the vessel was not washed properly, but Krishna took the tiny remaining bits of food in his mouth and said, "He who is reflected in the whole universe, let this be the food of that Shri Hari."

Krishna said to Bheem, "Bring Durvasa with his followers." Durvasa said to Bheem, "Our stomach is so full that we cannot even move. Please ask Yudhishthira to forgive us for the inconvenience caused."

It is only the fool who thinks and plans too far ahead—it is because he does not know death.

33

रुद्राक्ष

अथ हैनं भगवन्तम् कालाग्नि रुद्रं भुशुण्डौ प्रपच्छ

एक बार कालाग्नि रुद्र से भुशुण्ड ने पूछा, 'अलग–अलग मुखों वाले रुद्राक्षों का क्या महत्व है?' कालाग्नि ने उत्तर दिया :

एक मुखवाला रुद्राक्ष परतत्व का पर्याय माना जाता है। उसे धारण करने वाला शिव में लीन हो जाता है। दो मुख वाला रुद्राक्ष अर्द्धनारीश्वर का स्वरूप समझा जाता है। तीन मुख वाला रुद्राक्ष तीन अग्नियों का प्रतिनिधित्व करता है। चार मुखवाला रुद्राक्ष चतुर्भुज भगवान का सान्निध्य देता है। पाँच मुख वाला रुद्राक्ष पंचमुखी शिव का स्वरूप समझा जाता है। छह मुख वाला रुद्राक्ष कार्तिकेय को प्रसन्न करता है, उसे धारण करने से सौंदर्य प्राप्ति होती है। विद्वान लोग इसे गणेश का प्रतिरूप भी मानते हैं। सात मुख वाला रुद्राक्ष सप्तमातृकाओं को प्रिय है। आठ मुख वाला रुद्राक्ष नौ देवियों को प्रसन्न करता है। दस मुख वाला रुद्राक्ष एकादश रुद्र का प्रतीक है। बारह मुख वाला रुद्राक्ष महाविष्णु का स्वरूप समझा जाता है। तेरह मुख वाला रुद्राक्ष सिद्धियों को देने वाला है। अंत में चौदह मुख वाला रुद्राक्ष साक्षात रुद्र की आँख ही है। इसे धारण करने से मनुष्य सौ वर्ष तक निरोग जीवन जीकर मोक्ष पा लेता है।

किं वा व्योम बिनार्केण किं तोयेन बिना सरः।
किं मन्त्रेण बिना राज्यं किं सत्येन बिना वचः।।

– कथासरित्सागर, 6/7/781

सूर्य के बिना आकाश क्या, जल के बिना सरोवर क्या, कूटनीति के बिना राज्य क्या और सत्य के अभाव में वाणी क्या?

33

RUDRAKSHA

Once, Kalagni Rudra asked Bhushundi, "What is the significance of the differently marked *rudrakshas*?" Kalagni replied, "The single-faceted *rudraksha* is a step to ultimate philosophy. It imports the 'Other'. He who wears it becomes one with Shiva. The two-faceted *rudraksha* is a symbol of the Ardhanarishwar; the three-faceted one of the three fires; the four-faceted *rudraksha* of the four-handed god; the five-faceted *rudraksha* is the symbol of the five-headed Shiva; the six-faceted *rudraksha* makes Karthikeya happy. He who wears it acquires beauty. The wise regard it as Ganesha's symbol also. The seven-faceted *rudraksha* symbolises the seven mothers. The eight-headed *rudraksha* pleases the nine goddesses. The ten-faceted *rudraksha* is the epitome of the eleventh *rudraksha*. The twelve-faceted *rudraksha* symbolises Vishnu. The thirteen-faceted *rudraksha* is the giver of special powers or *siddhi*. Last of all, the fourteen-faceted *rudraksha* is the eye of *Rudraksh* himself. On wearing this a man lives a disease-free life for 100 years and then attains 'Moksha' or liberation from the cycle of birth and death.

What is the sky without sun, lake without water,
state without politics, and words without truth.

34
ज्ञान–वैराग्य और भक्ति की त्रिवेणी

वृंदावन में अपने दो पुत्रों के साथ, विलाप करती हुई एक तरुणी के प्रति सहानुभूति प्रकट करते हुए नारदजी ने उससे उसके दुःख का कारण पूछा। उस तरुणी ने कहा, मेरा नाम भक्ति है और ये दोनों मेरे पुत्र हैं– ज्ञान और वैराग्य। मैं इनकी माँ अभी भी जीवित हूँ, जबकि इन दोनों की मेरे रहते हुए भी मृत्यु हो रही है। अपनी करुण गाथा सुनाते हुए भक्ति ने कहा कि मैं द्रविड़ देश में पैदा हुई, कर्नाटक में बढ़ी–पली कहीं–कहीं महाराष्ट्र में भी सम्मानित हुई और गुजरात पहुँचकर बूढ़ी हो गयी। वहाँ से चलकर वृंदावन आई। वृंदावन आते–आते मेरा यौवन फिर लौट आया। मैं दिन–रात नवांगना होती जा रही हूँ, परन्तु मेरे इन दोनों पुत्रों के स्वास्थ्य में सुधार नहीं हुआ। माँ युवती और पुत्र जर्जर वृद्ध! यह कैसी विडंबना है?

नारदजी ने विचारकर इस विपरीत दशा का कारण वृंदावन में भक्ति की प्रबलता और ज्ञान–वैराग्य की उपेक्षा बताया। युवती भक्ति के निवेदन से पसीजकर नारदजी ने उन दोनों वृद्धों के कान में मंत्रोच्चार कर कहा, ज्ञान जागो... वैराग्य जागो। मगर उन दोनों बूढ़ों ने आँख न खोली। तब नारदजी भक्ति को ज्ञान–वैराग्य सहित वहीं छोड़ कर बदरिका आश्रम पहुँचे और सारा दृश्य सनकादि ऋषियों के सामने रखा।

सनकादि ऋषियों ने नारदजी को बताया कि ज्ञान और वैराग्य को सचेत करने का एकमात्र उपाय श्रीमदभागवत का श्रवण है। श्रीमद्‌भागवत की महिमा के विषय में भली प्रकार जानकर नारदजी ने पहली बार हरिद्वार के समीप आनंद नामक स्थल पर श्रीमद्‌भागवत सप्ताह का आयोजन किया। तब से यह परंपरा अब तक चली आ रही है।

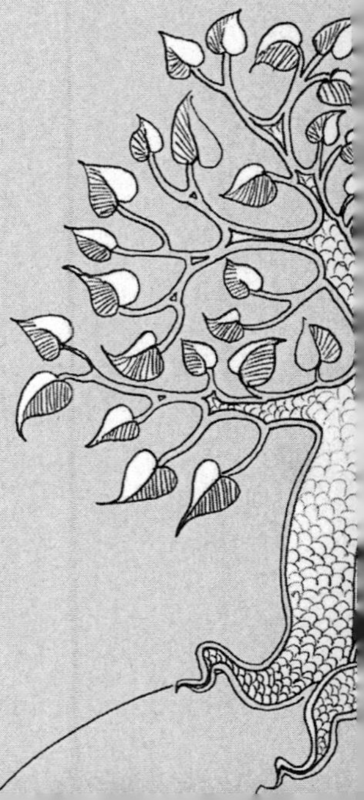

यस्य नास्ति स्वयं प्रज्ञा मित्रोक्तं न करोतियः।
ससर्वनिर्धनं याति।

– पंचतंत्र, अपरीक्षितकारक, 60

जिस मनुष्य के पास न तो स्वयं अपनी बुद्धि है और न ही जो मित्र की सलाह से आचरण करता है, वह निश्चय ही मृत्यु को प्राप्त होता है।

34

THE CONFLUENCE OF KNOWLEDGE, DEVOTION AND RENUNCIATION

Once Narada was in Vrindavan, trying to comfort a wailing young woman in distress. Narada asked the reason of her sorrow. She said, "I am Bhakti (devotion) and these two are my sons Gyan (knowledge) and Vairagya (renunciation). I continue to live while they are dying. I was born in Dravida, grew up in Karnataka, and was respected in Maharashtra also. I only became old after reaching Gujarat and then I went to Vrindavan. It was here in Vrindavan that I regained my youth. Yet every day I grew younger my children became older. A young mother with old greying sons! How difficult and confusing it is for the mother!"

Narada thought about this and ascribed it to the excess of Bhakti and lack of Gyan-Vairagya in Vrindavan. He leaned towards the two boys and whispered the mantra, "Gyan arise, Vairagya arise" in their ears. But they did not open their eyes and continued to age. Narada decided to go to Badrikashram and seek the advice of Sanak and other prominent sages.

The sages said the only way to make Gyan and Vairagya reach consciousness was to make them listen to Shrimad Bhagvad. Knowing the glory of Shrimad Bhagvad, Narada for the first time organised recitals of Shrimad Bhagvad near Haridwar in Anand. The tradition of Shrimad Bhagvad recitals has since continued, uninterrupted.

A person who is not intelligent himself and does not heed the advice of others more intelligent than himself, is sure to come to a bad end.

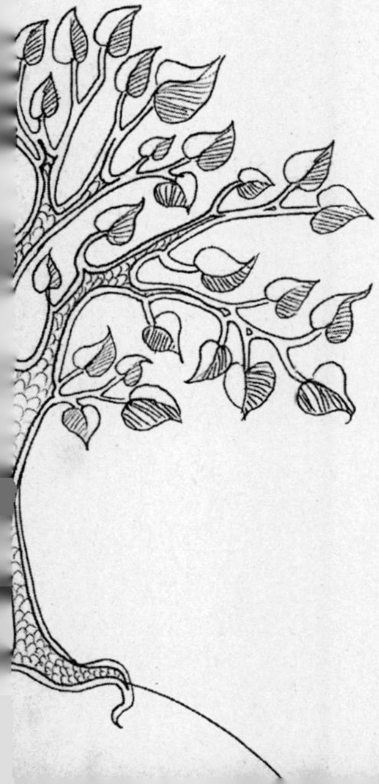

35
कुरुक्षेत्र

श्रीकृष्ण और युधिष्ठिर, महाभारत का युद्ध कहाँ हो इस तलाश में समतल खोजते, कुरुक्षेत्र पहुँचे।

कुरुक्षेत्र में उन्होंने देखा कि एक पिता और पुत्र हल चला रहे हैं तभी लड़के को साँप ने काट लिया। पिता ने उसे घसीट कर खेत के बाहर डाल दिया और फिर हल चलाने लगा, युधिष्ठिर यह दृश्य देखकर दंग रह गए। तभी एक स्त्री पास से गुजरी, श्रीकृष्ण ने पूछा इस क्षेत्र का नाम क्या है और वह कहाँ जा रही है? स्त्री ने कहा वह अपने श्वसुर और पति के लिए खाना ले जा रही है और क्षेत्र का नाम बताया उसने कुरुक्षेत्र।

श्रीकृष्ण ने कहा, तुम्हारे पति को सर्प ने डस लिया है और उसके शव को तुम्हारे श्वसुर ने घसीट कर खेत के बाहर डाल दिया है।

बजाय इसके कि वह स्त्री रोती, उसने बैठकर बड़े निर्विकार भाव से भोजन किया। इसके बाद वह उठी और अपने श्वसुर के भोजन का भाग लेकर चल पड़ी।
युधिष्ठिर ने विस्फारित नेत्रों से श्रीकृष्ण की ओर देखा श्रीकृष्ण ने हँसकर कहा : यही वह स्थल है जहाँ युद्ध हो सकता है इसलिए कि यहाँ, सबको अपनी–अपनी पड़ी है।

कृतज्ञं धार्मिक सत्यमक्षुद्रं दृढ़भक्तिकम्।
जितेन्द्रियं स्थित्यां मित्रमत्यागि चेष्यते।

महा. उद्योगपर्व, 39/50

मित्र को सदा कृतज्ञ, धर्मनिष्ठ, सत्यवादि, अक्षुद्र, दृढ़ भक्ति रखने वाला, जितेन्द्रिय, मर्यादा में स्थित और मित्रता का त्याग न करने वाला होना चाहिये।

35

KURUKSHETRA

Shri Krishna and Yudhishthira were searching for a place to fight the war of Mahabharata when they arrived in Kurukshetra. They saw a father and a son ploughing a field. Suddenly, a snake bit the son and killed him. The father dragged his son's body, tossed it outside the field, and resumed ploughing. Yudhishthira was amazed. A woman passed by, carrying some food. "What is this place and where are you going?" Shri Krishna asked. "To Kurukshetra," she replied. "To feed my husband and my father-in-law." Shri Krishna told her that her husband had been killed by snakebite and her father-in-law had thrown his body outside the field.

The woman did not cry. She sat down and ate her food. After this, she got up carrying her father-in-law's food. An astounded Yudhishthira looked at Shri Krishna. Shri Krishna smiled and said: Kurukshetra is the right place for a battlefield, for everyone here seems to be utterly selfish and concerned only about self-interest.

A true friend must be grateful, just, truthful, without meanness, unwaveringly devoted, conqueror of senses, steadfast on the path of righteousness and never departing from the path of true friendship.

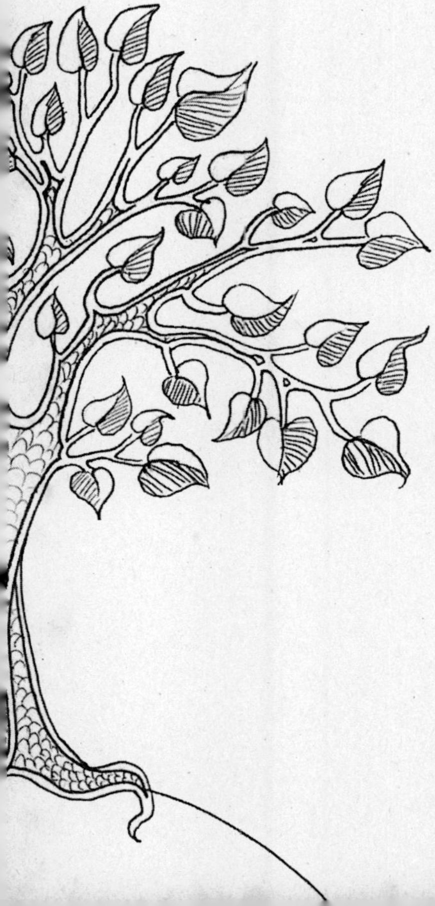

36
जो बाँधे वह बान्धव है

भोगेच्छामात्रा कोबन्धस्तत्यागो मोक्ष उच्यते,
मनसो अभ्युदयो नाशो मनोकाशो महोदयः।

किसी भी प्रकार की भोगेच्छा हो वह बान्धव स्वरूप ही है। और भोगेच्छा का त्याग ही मुक्ति है। मन का नाश ही मनोन्नति का कारण है। मन का नाश भाग्यवान पुरुषों का ही होता है। ज्ञानी पुरुषों का मन नष्ट हो जाता है। ज्ञानी जन मन को न तो आनन्द ही मानते हैं और न ही आनंदरहित। वे उसे चल, अचल, स्थिर, सत्, असत् अथवा उनके मध्य की अवस्था वाला भी नहीं मानते, परन्तु अज्ञानी जन मन के बंधन में पड़े रहते हैं। ज्ञानी जन जिस चित्त चेतना को आकाश से भी स्वच्छ और अवयव रहित देखते हैं, वह संपूर्ण निर्मल विश्व में केवल स्वयं को ही दिखाती है। वह सत्ता कभी उदय अस्त नहीं होती। वह गमनागमन से रहित है। न स्थिर रहती है और न उठती–बैठती है। न वहाँ है, न यहाँ है, वह तो अवलम्बनरहित और विकल्परहित है।

ईशस्य हि वशे लोको योषादारुमयी यथा।

– श्रीमद्भागवत्

सभी लोग कठपुतली की तरह ईश्वर के वश में है।

– महोपनिषद्

36

TIES THAT BIND

Desire binds. Renunciation of desire provides liberation. The destruction of the mind is the way of improving the mind, but only a blessed few achieve this. Only the ignorant remain tied by the mind. The truly knowledgeable are not bound by the mind, neither by the springs of happiness or unhappiness. They recognise that the mind is in a state between moving and not moving, between being steady and unsteady, between reality and delusion. The knowledgeable regard this consciousness to be as clear as the sky, seeing a reflection of its purity in the clarity of the world. It is a consciousness that never looms large nor vanishes. It is neither here nor there. It is unparalleled and unaided.

All men are like puppets in the hands of the Creator.

37
दान में व्यापार

श्रीकृष्ण जन्मभूमि के परिसर में एक साधु दर्दभरी आवाज में गोपाल गीत गाया करता था। मथुरा का एक नगर सेठ जब–जब दर्शनार्थ वहाँ आता तो उस साधु के पात्र में भी एक दो सिक्के डाल देता। वह जब कभी ऐसा करता उसे अपने व्यापार में फायदा होता। एक दिन नगर सेठ के मन में यह विचार आया कि जब इस साधारण गायक साधु को दान देने से, मुझे इतना लाभ होता है तो क्यों न इसके गुरु की तलाश की जाये। काफी जाँच–पड़ताल के बाद उसे अनन्यकीर्ति नामक किन्ही सिद्ध पुरुष का पता चला जो राधाकुण्ड के पास, एक खण्डहर में पड़े रहते थे। एक दिन नगर सेठ उन्हें खोजता हुआ वहाँ पहुँचा और दस सिक्के वहीं छोड़कर चला आया। अनन्यकीर्ति ने उन्हें देखा तक नहीं। शाम को नगर सेठ जब घर पहुँचा तो देखा गोदाम में आग लग गयी है। तत्काल बुझाने के उपाय किये जब भी नुकसान तो हुआ ही। अगले दिन नगर सेठ, जन्मभूमि परिसर में पहुँचा। उसने गोपाल गीत गाते साधु को रोककर सारी कहानी बतायी और इस घाटे का कारण पूछा। गोपाल गीत गायन ने कहा : जब तक दान देते हुए तुम निश्छल थे कन्हैया भी उदार और निश्छल रहा, मगर जिस दिन तुमने दान देने में व्यापार और भेदभाव शुरू कर दिया, वह भी वही कर गया।

आस्ते भग आसीनस्योर्ध्वस्तिष्ठति तिष्ठतः।
शेते निपद्य मानस्य चराति चरतो भगः चरैवेति।।

– ऐतरेय ब्राह्मण, 7/15

बैठे हुए पुरुष का भाग्य बैठा रहता है। खड़े हुए का भाग्य खड़ा रहता है और विचरण करने वाले का गतिशील रहता है, अतः श्रम करते रहो।

37

CHARITY AND TRADE

A sadhu would sing paeans to the childhood of Shri Krishna on a street near Shri Krishna's birthplace. A rich trader from Mathura would come by once in a while and put a coin or two in the sadhu's bowl. Whenever he did this his trade flourished. One day the trader thought, "If this ordinary singer has the power to enrich me, why not look for his guru?" The trader found a sadhu called Ananyakirti, who lived in an old dilapidated place near Radhakund. The trader went there and left ten coins at his home. Ananyakirti did not even look at the trader. By evening when the trader reached home he found his godown had caught fire. The fire was doused immediately but he suffered losses. The next day, the trader reached his original site of charity near Shri Krishna's birthplace. He cried and told the sadhu about his plight and asked the reason. The sadhu said, "When you were devoted to charity, Shri Krishna was also large-hearted. But when you began trading in charity, he started doing the same."

Work hard, for the one who sits idle, his luck also sits. He who stands up, his fortune also stands up. And he who moves, his fortune also shows movement.

38
सब श्रेष्ठ लोग ध्यान करते हैं

देवर्षि नारद ने सनत्कुमार से पूछा, 'क्या चित्त से भी श्रेष्ठ कुछ है?'

'ध्यान ही चित्त से श्रेष्ठ है।' सनत्कुमार ने उत्तर दिया। 'अन्तरिक्ष मानो ध्यान करता है। देखो न! वृक्ष ध्यान में डूबे हुए हैं। पर्वत भी ध्यानावस्थित है। जो क्षुद्र होते हैं, कलह करने वाले, पर दोष देखने वाले, उन्हें छोड़कर सब श्रेष्ठ लोग ध्यान करते हैं। इस लोक में जो कुछ भी महत्वपूर्ण है, वह केवल ध्यान करके ही पाया जा सकता है। ध्यान ब्रह्म रूप है।'

कुर्वन्नेवेह कर्माणि जिजीविषेच्छतं समाः।
एवं त्वयि नान्यथेतोस्ति न कर्म लिप्यते नरः।।

यजुर्वेद, 40/2, ईशोपनिषद्, 2

मनुष्य इस संसार में कर्म करता हुआ ही सौ वर्ष जीने की कामना करे। इस प्रकार से कर्म मनुष्य को बाँधते नहीं। इसके अतिरिक्त और कोई साधन नहीं है।

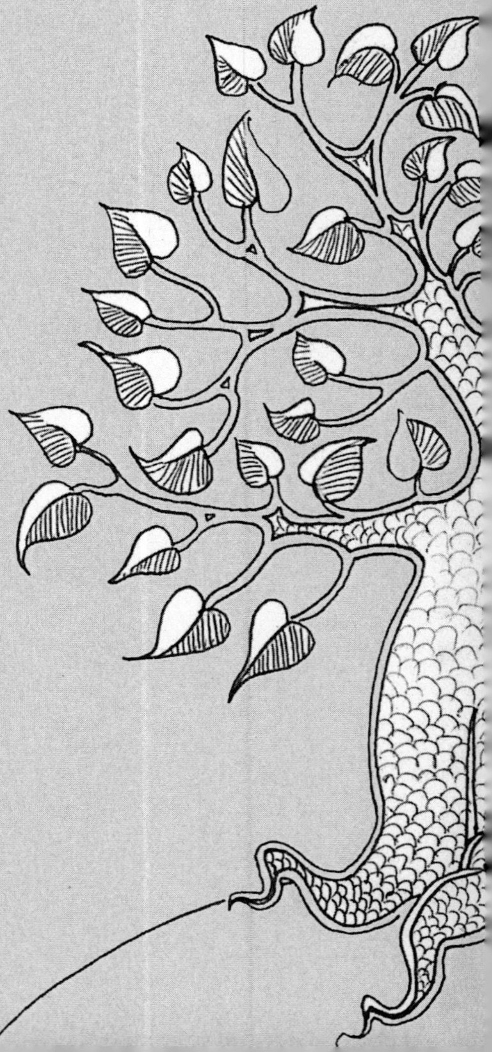

38

ON MEDITATION

One day Devarshi Narada asked Sanat Kumar, "Is there anything superior to the mind?"

Sanat Kumar replied, "Only meditation. The sky, the trees, the mountains—they all meditate. Apart from the lesser beings, who believe in conflict and look for shortcomings, all noble beings meditate. Whatever is important in this world can be achieved only through meditation."

Man should pray to live a hundred years fruitfully, in action. This way karma never binds. Apart from this, there is no way man can escape the cycle of birth and rebirth.

39
वाह री तृष्णा

'गंधार नरेश प्रव्रजित हो गये'—यह खबर सुनकर मिथिला नरेश भी अपना राज्य त्यागकर बौद्ध हो गये। फिर कभी दोनों प्रत्यन्त गाँव के बाहर मिले। दोनों ने वहीं पर्णकुटी बना ली। गाँव के लोग उन्हें भोजन दे देते। ग्राम निवासी उन्हें भिक्षा के साथ कभी पत्ते में बांधकर नमक देते कभी न देते।

एक दिन बिना नमक का आहार मिला। गंधार तपस्वी को मिथिला के तपस्वी ने छप्पर में से नमक निकालकर देते हुए कहा : 'आचार्य नमक लें।'

साश्चर्य गंधार तपस्वी ने पूछा : 'आज तो लोगों ने आहार के साथ नमक दिया ही नहीं, तुम्हें यह नमक कहाँ से मिला?'

'दो दिन पहले लोगों ने जरूरत से ज्यादा नमक दे दिया था वही बचा लिया था', उत्तर मिला।

गंधार तपस्वी हँसा—'तीन सौ योजन का राज्य छोड़कर तू बौद्ध हुआ। फिर भी नमक की यह डली बचा ली—वाह री तृष्णा।'

शोकत्यागाय निष्क्रान्तं न मां शोचितुमर्हसि।
शोकहेतुषु कामेषु सक्ताः शोच्यास्तु रागिणः।।

बुद्धचरित, 6/18

शोक का त्याग करने के हेतु निकले हुए मेरे लिए शोक करना उचित नहीं है। शोक के हेतु रूप काम–विषयों में आसक्त रागयुक्त व्यक्ति ही वास्तव में शोचनीय है।

39

HUMAN DESIRES

Across the land, word spread that the Gandhara king has taken the path of renunciation. On hearing this, the king of Mithila also became a Buddhist. The two kings took to wandering together, and eventually built a hut to live in a remote village. The villagers would give them their food. Sometimes they would also add a little salt in a leaf along with the bhiksha, sometimes they wouldn't. One day the villagers did not give salt in the food that they gave to the two ascetics. The king of Mithila took out some salt and gave it to his friend. Surprised he asked, "Where did you get it from? They have not given us any salt today."

"Two days back they gave us excess salt, and I saved some," he replied.

The Gandhara king laughed. "You left your vast kingdom yet cannot resist forsaking this pinch of salt? Human desires are truly amazing!"

I who have left to renounce sorrow do not weep for me. The person who immerses himself in delusions of beauty, passion to forget sorrow is actually in a pathetic state.

40
भुने चने

कुबेर एक उपासक पर प्रसन्न होकर बोले, 'वरदान माँगो।'

उपासक ने कहा : 'जो सबसे उत्तम हो, वह दे दो।'

कुबेर : 'तुम एक घड़ी कोषागार में रहो वहाँ से उतने समय में चुन लो, जो सर्वश्रेष्ठ लगे ले लो।' वह कोषागार में गया। इंद्रनीलमणि उठाया तो सूर्यकांतमणि लुभाए। सूर्यकांतमणि उठाया तो हीरक की आभा मन को छू जाये। कुछ चुन नहीं सका, घड़ी बीत गयी। कुबेर का सेवक आया और बाहर निकालते हुए उसने उपासक से कहा : 'यहाँ से कभी कोई कुछ नहीं ले जा सका। लो भुने चने खाओ।'

न खुल वयसा जात्यैवायं स्वकार्यसहो भरः।

— विक्रमोर्वशीय, 5/18

अपने कार्य का भार उठाने की शक्ति स्वभाव से ही प्राप्त होती है, आयु से नहीं।

40

ROASTED GRAMS

Kuber, pleased by his devotee said, “Ask for a boon.”

The devotee said, “Give me what is best.”

Kuber said, “Go spend a few moments in the treasury and select whatever you feel is best.” The devotee went to the treasury. He was mesmerised by the gems and precious stones spread out around him. He would pick up one and then he would pick up another, but he could not select anything. Time passed. Kuber’s servant came and turned the devotee out of the treasury. He said, “Nobody has ever been able to take anything from here. Come share these roasted peanuts.”

To learn to carry the burden of your work is gained by nature, not by age.

41
अभी, इसी वक्त

आश्रम का अंतिम दिन था। सुदत्त के पास गुरु दक्षिणा देने के लिए कुछ न था। रोते हुए युवक को ढाँढ़स बंधाते हुए गुरु ने कहा, 'अवंतीपुर के राजा के पास जाना, उसने घोषणा कर रखी है कि जिसे जो चाहिए, सुबह आये और दान में ले जाये। क्योंकि प्रजा संतुष्ट है इसलिए सामान्यतया कोई जाता नहीं।'

सवेरे–सवेरे सुदत्त राजमहल के द्वार पर था। राजा ने पूछा, 'कहो नवयुवक, तुम्हें क्या चाहिए।' सुदत्त ने सोचा, 'सौ मुद्राएँ माँग लूँ। दस गुरुदक्षिणा में दे दूँगा। बाकी से व्यापार करूँगा।'

राजा ने कहा, 'तुम उलझन में हो, सोच लो। तब तक मैं राजमहल के इस बाग का एक चक्कर लगा लूँ।' सुदत्त ने सोचा–माँग ही रहा हूँ तो हजार स्वर्ण मुद्राएँ क्यों न माँगूँ। मगर बढ़िया व्यापार के लिए तो एक लाख चाहिए। इस बीच चक्कर पूरा कर राजा फिर पास आया। 'कुछ सोचा?' राजा ने प्रश्न किया यह देखकर कि नवयुवक अभी भी असमंजस में हैं, उसने कहा, 'मैं एक चक्कर और लगा लूँ तब बताना।'

सुदत्त के मन में अब संख्या का द्वंद्व उठ खड़ा हुआ। 'लाख क्यों माँगूँ? करोड़ क्यों नहीं या सीधे–सीधे एक शंख। तब मैं बहुत कुछ कर सकूँगा।'

सुदत्त के मन में संख्या बढ़ती जा रही थी। राजा चक्कर पूरा कर फिर वहीं लौटा। सुदत्त ने कहा, 'आपके पास जो कुछ है, मैं सब माँगता हूँ। अभी, इसी वक्त, राजा ने पीछे घूमकर हाथ उठाये और कहा, 'हे ईश्वर, अन्ततः वह व्यक्ति आ ही गया, जो मुझे इस तमाम झंझट से आजाद कर देगा। तेरा धन्यवाद।' यह कहकर राजा जब मुड़ा तो उसने पाया कि सुदत्त वहाँ से गायब हो चुका है।

पंको हि नभसि क्षिप्तुः पतति मूर्ध्नि।

– कथासरित्सागर, 8/6/220

आकाश में फेंकी हुई धूलि फेंकने वाले के सिर पर ही पड़ती है।

41

NOW! RIGHT NOW!

It was his last day in the ashram, and Sudatta had nothing to offer to his guru (*gurudakshina*) before his departure. His guru told him not to worry. “Go to the king of Avantipur. He has declared that anyone who wants anything can come in the morning and take it as charity. People rarely go, because they are content with what they have.”

So early the next morning, Sudatta went. The king said, “Tell me young man, what do you want?” Sudatta thought, “Let me ask for hundred gold coins. I will pay some as *gurudakshina* and keep the rest to start a small business.”

The king said, “You are in doubt. Think about it, while I take a walk around the palace garden.”

Sudatta thought, “If I have to ask, let me ask for thousand gold coins. But for a flourishing trade I need atleast a hundred thousand!”

The king returned from his walk around the garden. “Have you thought of anything?” the king asked. The young man was still undecided. “I will walk a little more and then you may give me your answer.”

Now Sudatta was lost in numbers: a crore, ten crores, a hundred crores…?

The king came back after completing another round. Sudatta said, “Let me have all that you have. Now, right now!”

The king turned around in his excitement, raising his hands in gratitude, he said, “Oh Lord! At last, the man is here who will liberate me from all these problems! My thanks to you.”

When he turned again towards Sudatta, he was no longer there.

Dust thrown upwards will fall back on the thrower’s head.

42
सरसों के दाने

बुद्ध अपनी देशना समाप्त कर चुके थे। एक स्त्री अपने बच्चे का शव लिये आयी और बुद्ध से जिद करने लगी कि इसे जिला दो। बुद्ध ने कहा, 'गाँव से सरसों के कुछ दाने ले आओ। ध्यान रहे सरसों उसी घर की हो जहाँ किसी की मृत्यु न हुई हो।' मोहग्रस्त स्त्री बच्चे के शव को बुद्ध की गोद में छोड़कर सरसों के दाने लेने के लिए गाँव के अंधेरे में लौट आयी।

कहते हैं बुद्ध को अभी भी प्रतीक्षा है शायद उस स्त्री को कोई ऐसा घर मिल जाए, न सही एक गाँव में, दुनिया के किसी भी गाँव में।

ऋषयश्चैव देवाश्च सत्यमेव हि मेनिरे।
सत्यवादी हि लोकेऽस्मिन् परं गच्छति चाक्षयम्।।

– वा. रामा.अ.कांड, 109/11

ऋषियों और देवताओं ने केवल सत्य को ही माना है। इस लोक में केवल सत्यवादी पुरुष ही परम अनश्वरता को प्राप्त होता है।

42

MUSTARD SEEDS

Buddha had just finished preaching, when a woman came with her child's dead body in her arms, begging Buddha to give life back to the child. "Get some mustard seeds from the village," Buddha said, "but they must come from a house where there has not been any death." The woman left the child on Buddha's lap and returned to the darkness of the village in search of the mustard seeds.

It is said that the Buddha is still awaiting the woman's return. She has yet to find any such house in the village, or in the world.

Sages and gods care for the truth alone.
Only the truthful attain immortality.

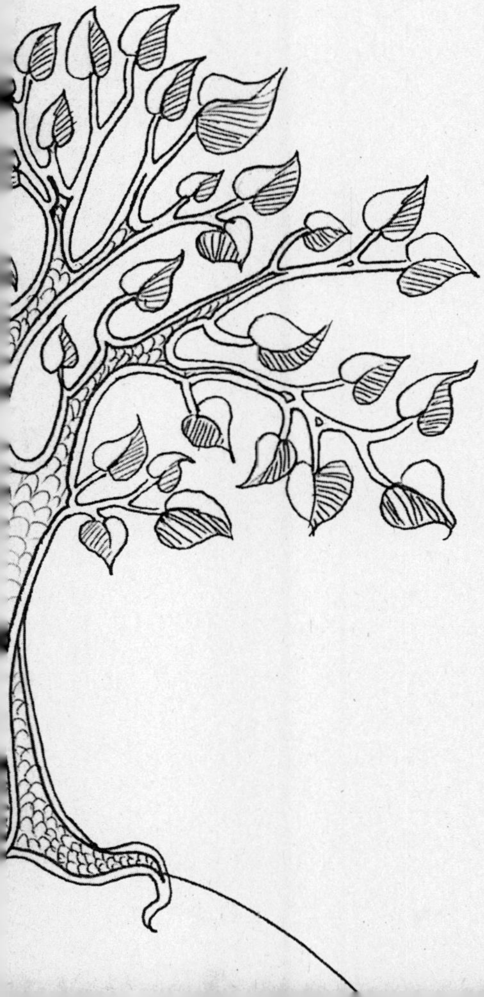

43
सेवा का उद्देश्य

एक आदमी कुएँ में गिर गया। वह बचाओ–बचाओ चिल्ला ही रहा था कि एक शांकर वेदान्ती वहाँ से गुजरा, उसने उस आदमी की पुकार के जवाब में कहा, 'कर्म भोगने से ही कटते हैं, मैं तुम्हें बचाकर तुम्हारे कर्मक्षय में बाधा क्यों डालूँ?'

तभी एक मुनि वहाँ से गुजरे । आदमी ने उनसे भी विनती की। मुनि ने कहा, 'बाहर आकर भी क्या होगा? संसार तो है ही अंधकूप। इसलिए जहाँ हो पड़े रहो।' इसके बाद एक साधिका वहाँ से गुजरी, उसने कुएँ में गिरे आदमी को अपने रक्षा दल की मदद से फौरन बाहर निकलवाया। बाहर आकर उस आदमी ने साधिका से कहा–'आप महान हैं? आप माँ हैं।'

वह महिला बोली, 'हम तो चाहते हैं ज्यादा से ज्यादा लोग कुएँ में गिरे ताकि हमें उनहें निकालने का, उनकी सेवा का अवसर मिले।' उस आदमी ने पूछा–'मगर क्यों?'

साधिका बोली–'हमारी धार्मिक किताब में लिखा है अगर स्वर्ग में प्रवेश चाहिए तो दीन दुखियों की सेवा करो।'

सन्तोषो वै स्वर्गतमः सन्तोषः परमो सुखम्।
तुष्टेर्न किञ्चित्परतः सा सम्यक् प्रतितिष्ठति।।

– महा. शान्ति पर्व, 21/2

सन्तोष स्वर्ग से भी बढ़कर है। सन्तोष ही परम सुख है। अच्छी प्रकार प्रतिष्ठित सन्तुष्टि से बढ़कर कुछ भी नहीं है।

43

THE PURPOSE OF SERVICE

A man fell down a well. He cried for help, begging for someone to save him, when a Shankar Vedanti happened to pass by. In answer to the man shouting from within the well, he said "It is when you suffer that you free yourself of your karma. Why should I save you and reduce your karmic suffering?" He went on.

Just then, an ascetic went by. The man pleaded to him. The ascetic said, "What will you do by coming out? The world is also like a blind well. So remain where you've fallen," and he continued on his way.

Soon, a female ascetic was passing by. She immediately had the man pulled out with the help of her service force. The man, wet and grateful, said, "You are great. You are the Mother."

The woman said, "We want more and more people to fall into wells so that we can save them."

The man, perplexed, asked, "Why?"

The woman replied, "It is stated in our religious book that we can enter heaven only through service of the poor and the fallen."

Contentment is greater than the heavens. It is the greatest happiness. There is nothing greater than well-founded contentment.

44

भाषा और वाणी

दोपहर के दो बज रहे थे, भूख से व्याकुल बौद्ध साधक हुआंग पो जंगल में, जगह–जगह धरती खोदकर कंद की तलाश कर रहा था। तभी किसी ने चिल्ला. कर पूछा : हुआंग पो का आश्रम कितनी दूर है?

हुआंग पो : क्यों पूछ रहे हो ?

अजनबी : उस बुद्ध पुरुष का उपदेश सुनने दूर से आया हूँ।

हुआंग पो : वह पाखण्डी है, लोगों को दिग्भ्रमित करता है।

अजनबी : मीलों चलकर आया हूँ, अब तो सुनकर ही जाऊँगा।

हुआंग पो : तब फिर मरो! आश्रम दूसरे मील पर गाँव के उत्तर में है।

शाम को आश्रम में पो के प्रवचन के बाद भीड़ से निकलकर वही अजनबी पो के समक्ष आकर बोला :

वह पो सच था या यह पो सच है ?

'दोनों', पो ने उत्तर दिया।

'वह भाषा भूखे की भाषा थी, यह वाणी तृप्त ज्ञानी की वाणी है।

क्रोधोहिधर्मंहरतियतीनांदुःखसञ्चितम्।
ततो धर्म विहीनानां गतिरिष्टा न विद्यते।।

– महा. आदिपर्व, 42/8

मुनियों के कठिनाई से संचित किये गये धर्म को क्रोध नष्ट कर देता है। तब धर्म से विहीन उन व्यक्तियों को अभीष्ट गति प्राप्त नहीं होती।

44

LANGUAGE AND WORDS

It was two in the afternoon. The Buddhist monk Huang Po was walking through a forest. He was desperately hungry. He began digging, hoping to find some roots to eat. A man came by and asked, “How far to Huang Po’s ashram?”

Huang Po said, ”Why are you asking?”

The stranger said, “I have come from far to listen to his wise words.”

Huang Po said, “He is a cheater and deludes people.”

The stranger said: “But I have traversed many miles and I will only leave after listening to him.”

“Fine!” said Huang Po said angrily. “The ashram is a mile north of the village.”

In the evening as the crowd was dispersing after hearing the wisdom of Po, the stranger came forward and asked, “Which Po is real? That mean one I met before or this wise one?” “Both,” Po said. “That was the language of a hungry man. These are the words of one who is content.”

Anger undoes years of penance. Even sages, if they get angry, do not attain their goal.

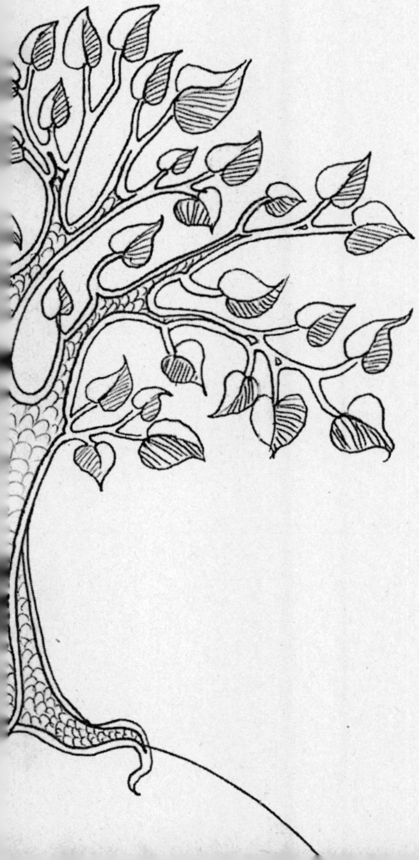

45
भर्तृहरि और वैराग्य शतक

संस्कृत साहित्य ने हमें ऐसे अनेक कवि दिए हैं जिनकी रचना हमें कदम–कदम पर प्रेरणा देती है। राजा भर्तृहरि अपनी रानी पिंगला पर बुरी तरह आसक्त थे। एक बार एक संन्यासी ने उन्हें नवयौवन प्रदान करने वाला एक फल दिया। भर्तृहरि ने सोचा, मैं क्यों न यह फल अपनी प्रिय रानी को खिला दूँ ताकि वह बहुत दिन तक रूपवती बनी रहे। भर्तृहरि ने वह फल पिंगला को दे दिया। पिंगला राजमहल की घुड़साल में काम करने वाले पट्ठे से प्रेम करती थी अतः उसने वह फल उस नौजवान पट्ठे को दे दिया। घोड़ों का रखवाला वह नौजवान अपनी नवविवाहिता पर आसक्त था इसलिए रात में रानी के महल से घर आकर वह फल अपनी पत्नी को दे दिया। संयोग की बात वह नवविवाहिता भर्तृहरि राजा को प्रेम करती थी। अतः प्रातःकाल राजदरबार में जाकर उसने वह फल भर्तृहरि कों भेंट किया।

भर्तृहरि ने जब वह फल हाथ में लिया तो उन्हें तत्काल प्रेम के खोखलेपन की असलियत कौंध गई। भर्तृहरि ने उसी दिन राजमहल छोड़ दिया और इस तरह वैराग्यशतक की रचना हुई।

भारत के योगी

वात्सल्यासर्वभूतेभ्यो वाच्या श्रोत्रसुखा गिरः।
परितापोपघातश्च रुपाष्यं चात्र गर्हितम्।।

– महा शान्तिपर्व, 191/14

सभी प्राणियों से वात्सल्यपूर्ण, कानों को सुख प्रदान करने वाली वाणी बोलनी चाहिए। कष्ट पहुँचाना, उपघात करना और कठोर वाणी बोलना निन्दनीय है।

45

HUNDRED VERSES OF RENUNCIATION

Sanskrit literature has given us many inspiring role models at every step. King Bhartrihari, a great poet, was very enamoured with his queen, Pingala. When an ascetic gave him a piece of fruit that had the power to return the vigour of lost youth, he decided to give it to his favourite queen, hoping that she would remain beautiful forever. Bhartrihari gave the fruit to Pingala.

Pingala was enamoured by a youth who worked in the king's stable so she gave the fruit to him. He was enamoured by his wife so he gave it to her. And by coincidence, that young wife loved the king, so the next morning, she gave the fruit to the king.

The moment Bhartrihari took the fruit in his hands, he realised the emptiness of love. That very day, he left the palace and began the great piece of poetry called the Vairagya Shatak or the Hundred Verses on Renunciation.

To all creatures speak with tender affection, words that please the ear. To hurt, with harsh words, is condemnable.

46
अन्य पुरुष

मीरा जी जब मेड़ता से चलकर वृन्दावन आई तो उन्हें बताया गया कि श्रीराधा दामोदर के मंदिर में श्रीकृष्ण के अनन्य उपासक रूप गोस्वामी जी ठहरे हैं। रूप गोस्वामी के दर्शनों की इच्छा से मीरा जी मंदिर में गई। कपाट बंद थे। मीरा जी ने आवाज दी। रूप गोस्वामी के शिष्य ने द्वार खोला, मीरा जी ने अपना परिचय दिया। शिष्य ने कहा—रूप गोस्वामी स्त्रियों से नहीं मिलते। मीरा जी ने जब यह सुना तो जोर से रूप गोस्वामी जी को सुनाकर कहा : मैंने तो यही सुना था कि वृन्दावन में कृष्ण को छोड़कर दूसरा और कोई पुरुष नहीं फिर ये गोस्वामी कब से अपने को पुरुष समझ बैठे। रूप गोस्वामी ने जैसे ही ये शब्द सुने वे सुनकर तत्काल बाहर आ गए, उन्होंने मीरा जी से क्षमा माँगी और अत्यन्त आदर के साथ उन्हें मंदिर के परिसर में आसन दिया।

वज्रवल्लरी

आचाराल्लभते ह्यायुचारादीप्सिता प्रजा।
आचाराद्धनमक्षय्यमाचारो हन्त्यलक्षणम्।।

मनुस्मृति, 4/156

आचार से मनुष्य आयु को प्राप्त करता है, आचार से ही अभीष्ट सन्तति को प्राप्त करता है, आचार से ही अक्षय धन की प्राप्ति करता है औ आचार से ही दोषों को नष्ट कर देता है।

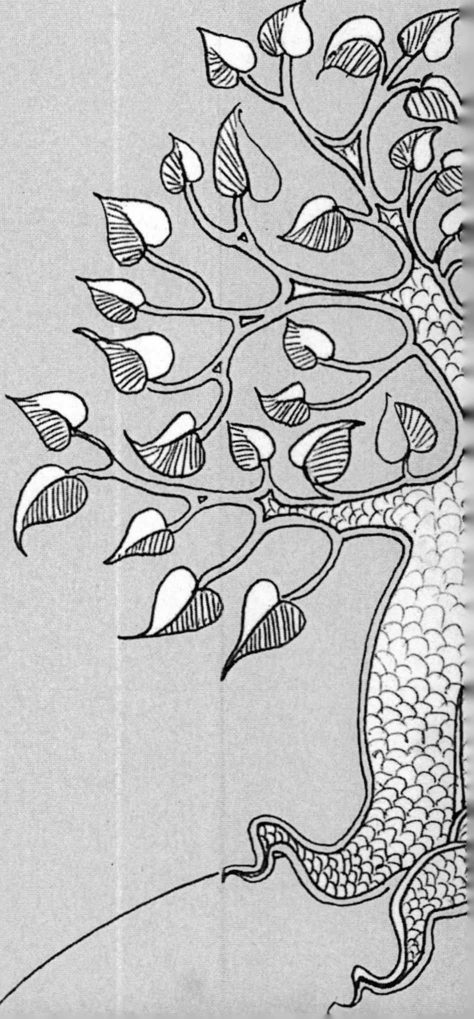

46

ANOTHER MAN

When Meera came was on her way to Vrindavan, she heard that Shri Krishna's supreme devotee Roop Goswami was staying in the Shri Radha Damodar temple. She went to meet him, calling his name from outside the door. Roop Goswami's follower opened the door and Meera introduced herself. The follower said that Goswamiji did not believe in meeting women. When Meera heard this, she called loudly and said, "I had heard that there is no other man except Shri Krishna in Vrindavan. Since when did this Goswami start thinking of himself as a man?"

As soon as Goswami heard this he came out, and asked Meera for forgiveness. He offered a seat within the temple with due respect.

Habits can help a man gain longevity,
his goal, as well as wealth, and these very
habits can also destroy his shortcomings.

47
पाप का व्याकरण

शिव–पार्वती आकाश मार्ग से जा रहे थे। नीचे चींटियाँ अपने अण्डे लेकर एक कतार में जा रही थीं। सामने से एक महावत हाथी पर चढ़कर आ रहा था। हाथी के पैरों के तले आकर सैकड़ों चींटियाँ मर रही थीं। पार्वती ने पूछा : 'इन चींटियों के मरने का पाप किसे लगेगा, महावत को या हाथी को?' शिवजी ने कहा : 'हाथी तो महावत के वश में है इसलिए निर्दोष है।' पार्वती ने पुनः टिप्पणी की : 'तब तो हत्या का दोष जरूर इस महावत पर आएगा।' शिवजी ने कहा : 'महावत को भी नहीं क्योंकि वह सिर्फ हाथी को चला रहा है और पृथ्वी की ओर न देखकर नाक की सीध में देख रहा है।' पार्वती ने हैरत में डूबकर कहा : 'तब?' शिवजी बोले 'इन चींटियों के मरने का पाप तुम्हें लगेगा। क्योंकि तुम देख रही हो और कुछ कर नहीं रही सिवा प्रश्न करने के।'

शिव महिमा

कुलीनमकुलीनं वा वीरं पुरुषमानितम्।
चरित्रमेव व्याख्याति शुचिं वा यदिवाऽशुचिम्।।

— वा. रामा. अ. क्राण्ड, 109/4

मनुष्य के चरित्र से ही ज्ञात होता है कि वह कुलीन है या अकुलीन, वीर है या दम्भी, पवित्र है या अपवित्र।

47

WHO IS THE SINNNER?

Shiva and Parvati were flying in the sky. Below, a column of ants was trudging along, carrying their eggs. A mahout on his elephant passed by. Thousands of ants were crushed under the elephant's feet. Parvati asked, "Who will atone for the sin of causing the death of these innocent ants? The mahout or the elephant?"

Shiva replied, "The elephant is not guilty because he is being controlled by the mahout."

Parvati said, "Then the mahout will be guilty."

Shiva said, "The mahout is also not guilty because he was looking straight ahead and didn't even see the ants."

Parvati said, "Then who?"

Shiva said, "You will bear the sin of their death because you were watching and did nothing about it."

It is from a man's character that it becomes evident whether a man is of a good lineage or not, bold or merely arrogant, pure or impure.

48
मृत्यु का ढंग

वर्षा ऋतु थी। नेमिचरण श्रेष्ठी ने दुकान में दीया जलाया। एक पतंगा उड़ता हुआ दीये की लौ पर कूदने ही वाला था कि श्रेष्ठी ने उसे पकड़कर सड़क की ओर उड़ा दिया। थोड़ी ही देर में पतंगा फिर लौटा, श्रेष्ठी ने दोबारा उसे फिर दीये की लौ में कूदने नहीं दिया। तीसरी बार पतंगा जब फिर लौ की ओर बढ़ा तो नेमिचरण ने उसे पास रखी छोटी संदूकची में बंद कर दिया। यह सोचकर कि अब पतंगा कैसे मर पाएगा।

प्रातः काल श्रेष्ठी ने यह सोचते हुए दुकान खोली कि उसने एक जीव को मरने से बचा लिया। अब दीपक भी नहीं है। अतः पतंगा जल नहीं पाएगा। यही सोचते हुए जब श्रेष्ठी ने वह संदूकची खोली जिसमें पतंगे को बंद किया था तो पाया कि वहाँ एक छिपकली थी जो पता नहीं कैसे उस संदूकची में बंद रह गयी थी। श्रेष्ठी को तत्काल समझ आ गई कि मृत्यु अटल है।

जैनकथा

धनिकः श्रोत्रियो राजा नदी वैद्यस्तु पञ्चमः।
पञ्च यत्र न विद्यन्ते न तत्र दिवसं वसेत्।।

– चाणक्यनीतिदर्पण, 1/9

जहाँ धनी, विद्वान, राजा, नदी और पाँचवाँ वैद्य (डॉक्टर) नहीं हों, वहाँ एक दिन भी नहीं ठहरना चाहिए।

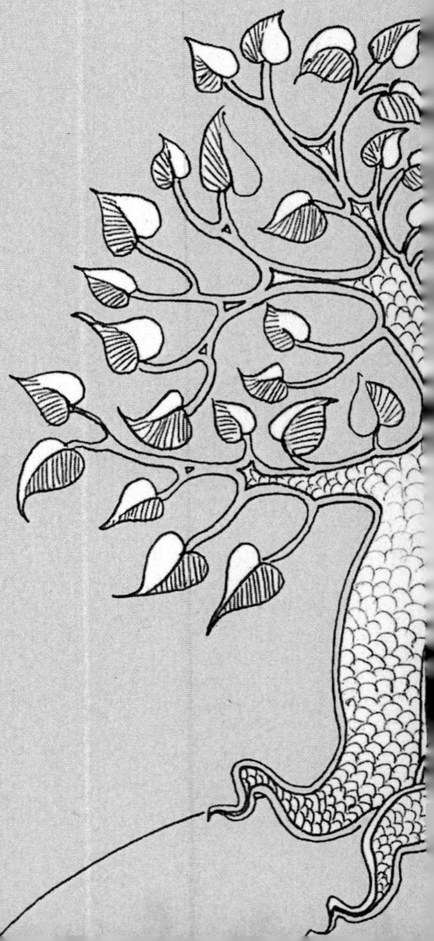

48

THE INEVITABILITY OF DEATH

It was the rainy season. The merchant Nemicharan Shreshthi lit an earthen lamp in his small shop. A glow-worm was about to jump into the fire when the merchant caught it and threw it towards the street. Soon the worm returned again, and the merchant saved him again. When it tried for a third time to enter the flames, the merchant locked it up in a chest, happy that he had been able to prevent the insect's death.

In the morning, the merchant opened the shop with a feeling of satisfaction that he had been able to save a creature. When he opened the chest he saw a lizard; the worm was nowhere to be found. The merchant realised the inevitability of death.

Where there is no rich, learned man, king, river and doctor, there no man should tarry even for a day.

49
एकांत और ध्यान

बुद्ध भगवान जब देशना समाप्त कर उठे तो देखा स्थविर अकाम अनुपस्थित है। तथागत ने अन्य साधकों से स्थविर के विषय में पूछा। भिक्षुओं ने शिकायत भरे स्वर में कहा : 'वह सबकी उपेक्षा करता है।' रात के अंधेरे में बुद्ध स्थविर के झोपड़े में गए और पूछा : 'क्या यह सही है कि तू सबसे बचता है।' स्थविर ने उत्तर दिया 'जब से आपने यह घोषणा की हैं कि आप अमुक दिन महापरिनिर्वाण में विलीन हो जाएँगे। उसी दिन से मैंने दो निर्णय लिए हैं। एकांतवास ताकि मौन सध जाए और दूसरा ध्यान ताकि शून्यता सध जाएगा। ऐसा मैंने सिर्फ इसलिए किया है कि आपके रहते मेरे भीतर का दीया जल जाए, बाद में तो पता नहीं बोध हो न हो।'

यह सुनते ही बुद्ध ने उसे हृदय से लगा लिया।

बोधकथा

अर्थं महान्तमासाद्य विद्यामैश्वर्यमेव वा।
विचरत्यसमुन्नद्धो यः स पण्डित उच्यते।।

– महा. उद्योगपर्व, 33/40

जो अधिक धन को प्राप्त करके अथवा विद्या और ऐश्वर्य को प्राप्त करके भी गर्वरहित व्यवहार करता है, वही पण्डित कहलाता है।

49

SOLITUDE AND MEDITATION

When Buddha finished preaching, he saw that the wise Sthavira Akama was absent. When the Buddha asked the others about him, the monks complained, "He disregards everyone." So the Buddha went to Sthavira's hut and asked, "Is it true that you ignore everybody?" Sthavira replied, "Since the day you announced the date for your Mahanirvana (final departure), I've made two decisions. To seek solitude, so that quietness seeps deeper into my consciousness and to meditate, so that I can experience emptiness and void more closely. I have done this, so that the light is lit within while you are still here with us. After that, who knows." Hearing this, Buddha immediately embraced him.

He who behaves humbly, even after attaining wealth and learning, he is the true Pandit.

50
संग्रह की बीमारी

अंतिम केवली जंबूस्वामी को नगर सेठ लक्ष्मीमल अपने घर ले गया। जंबूस्वामी ने सेठ से कहा–अब चौथापन पास है धनोपार्जन छोड़कर व्रत साधो! तुम्हारे पास जो संपति है उससे तीन पीढ़ियाँ सुखपूर्वक जी लेंगी। जंबूस्वामी जब चले गए तो लक्ष्मीमल सोचने लगा, उसकी चौथी पीढ़ी का क्या होगा ? इसी सोच में वह बीमार पड़ गया। बहुत इलाज कराए, सब व्यर्थ! संयोग से नगर में एक साधु आए। लक्ष्मीमल के अनुचर उन्हें हवेली में ले आए। लक्ष्मीमल की दशा और जंबू. स्वामी की दी गई सीख सभी के विषय में सारी बात सुनकर साधु ने कहा–अगर चील के घोसले से माँस का एक टुकड़ा कोई ले आए तो मैं सेठ लक्ष्मीमल को स्वस्थ कर दूँ। अनुचर दौड़े, जंगल भटके, शाम को वापस आकर उन्होंने सूचना दी, माँस नहीं मिला क्योंकि चील कभी संग्रह नहीं करती। लक्ष्मीमल ने जब संग्रह शब्द सुना तो उन्हें फौरन समझ में आ गया कि उनकी बीमारी क्या है ?

– जैनकथा

निश्चित्य यः प्रकमते नान्तर्वसति कर्मणः।
अबन्ध्यकालो वश्यात्मा स वै पण्डित उच्यते।।

– महा. उधोग पर्व, 33/24

जो मनुष्य निश्चय करके कार्य को प्रारम्भ करता है, कार्य के मध्य रुकता नहीं, समय को नष्ट नहीं करता और स्वयं को वश में रखता है, वही वास्तव में पण्डित कहलाता है।

50

THE SICKNESS CALLED HOARDING

Jambuswami once said to the wealthy trader Lakshmimal, "You are almost at the end of your life here on earth. It is about time that you stopped accumulating wealth and paid attention to your spiritual wealth. The kind of wealth that you have will guarantee the happiness of your descendants for atleast three generations."

After Jambuswami had left, the trader thought over the wise man's words and began to worry about his fourth generation. He felt ill with anxiety. All doctors and their medication proved futile. When a sadhu came to the city, Lakshmimal's followers brought him into his house, hoping he could cure the trader. After seeing Lakshmimal's condition and having heard about Jambuswami's advice, the sadhu said that if someone was to bring him a pound of flesh from an eagles' nest, he could restore Lakshmimal's health.

Servants ran around searching for the nests, in the forest and beyond. But by the evening, all they could report was that the eagle never collects or stores anything in its nest. As soon as Lakshmimal heard the word 'collect,' he finally realised what Jambuswami had been telling him.

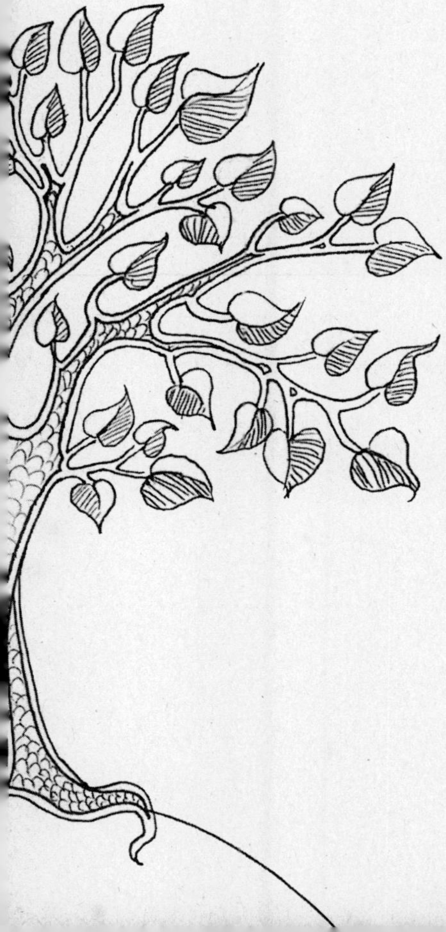

The man who moves ahead determined, does not stop in the middle of the work, does not waste time and keeps himself under control, he is a Pandit.

51
तपस्या और सुमिरन

एक बार विश्वामित्र और वशिष्ठ में यह बहस छिड़ गई कि कौन बड़ा है। दोनों निर्णय के लिए शेषनाग के पास पहुँचे। शेषनाग ने कहा : 'मेरे सिर पर पूरी पृथ्वी का बोझ है। आपमें से कोई मेरा बोझ संभाले तो मैं निर्णय दूँ।'

विश्वामित्र ने कहा : 'मैं अपनी एक हजार वर्ष की तपस्या के बल पर इस पृथ्वी को उठाता हूँ।' पृथ्वी उनसे संभाले न संभली। तब वशिष्ठ ने आगे बढ़कर कहा : 'मैं अपने एक दिन के हरि स्मरण से पृथ्वी को उठाता हूँ, और सचमुच पृथ्वी उठ गई।

शेषनाग ने आगे बढ़कर निर्णय दिया–परिणाम सामने हैं। अब मैं घोषणा क्या करूँ कि कौन बड़ा है।

भागवत रहस्य

अहिंसयैव भूतानां कार्यं श्रेयोऽनुशासनम्।
वाक्चैव मधुरा श्लक्ष्णा प्रयोज्या धर्ममिच्छता।।

— मनुस्मृति, 2/151

धर्माचरण की कामना करने वाले व्यक्ति को अहिंसापूर्वक ही प्राणियों के कल्याण का उपदेश देना चाहिये और मधुर वाणी का ही प्रयोग करना चाहिये।

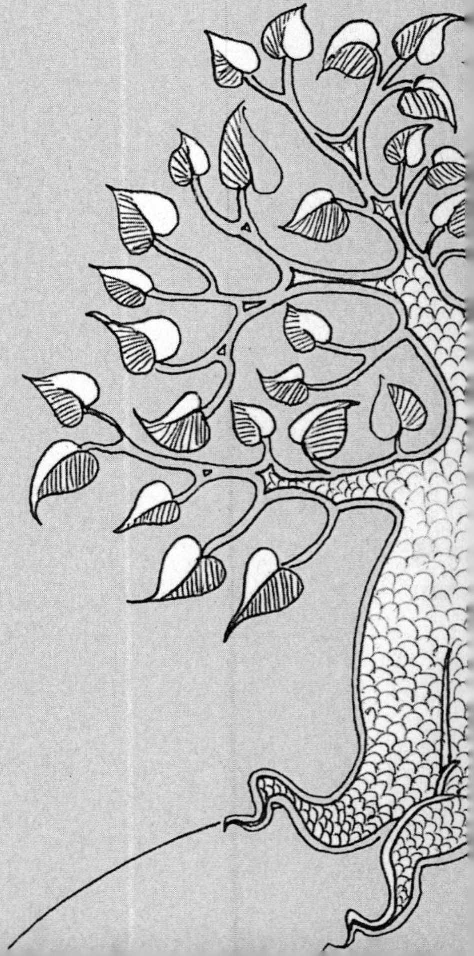

51

AUSTERITIES AND PRAYER

Once Vishwamitra, the sage among the kings, and Vashishtha, one of the greatest sages, started arguing about who was the greater of the two. They approached Sheshanaga, the hundred-hooded serpent, for a final decision.

The serpent said, "I carry the load of the entire earth on my head. If either of you can bear the responsibility for awhile, then I'll be able to give a judgment of who is the greater one."

Vishwamitra, swearing on his thousand years of rituals and austerities, tried to lift the earth, but alas could not! Then Vashishtha said, "I will lift the earth with Hari's name on my lips", and lo and behold, he was able to lift the earth!

Sheshanaga said, "The result is self-evident. There is no need for any further declaration."

The man who prays for righteousness should advise non-violence, welfare of all creatures, and sweet words to all.

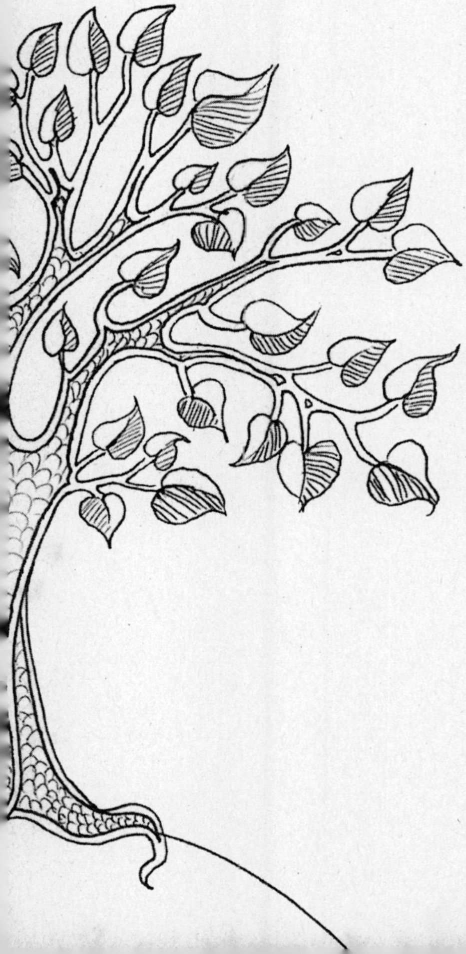

52
असमय संभोग का फल

कश्यप ऋषि सन्ध्या समाप्त कर उठे ही थे कि उनकी पत्नी दिति ने कहा, 'मैं काम पीड़ित हूँ मेरे साथ संभोग करें।' कश्यप ने बहुतेरा समझाया कि दिन में संभोग करने से संतान दैत्य और राक्षस स्वभाव वाली होती है मगर काम की आग में जलती नारी को कौन समझाए। कश्यप पुत्र हिरण्याक्ष इतना दुष्ट निकला कि जब भगवान वराह पृथ्वी को दुर्गम जल से निकाल कर बाहर ला रहे थे तो उसने वराह भगवान पर आक्रमण कर दिया। यह अलग बात है कि दिति के पश्चाताप और प्रार्थना के कारण आगे चलकर इसी वंश में प्रह्लादराज पैदा हुए।

भागवत रहस्य

आदानं हि विसर्गाय सत्तां वारिमुचामिव।

– रघुवंश 4/86

बादलों की भाँति सज्जनों को धन की प्राप्ति और अधिक दान करने के लिए ही होती है।

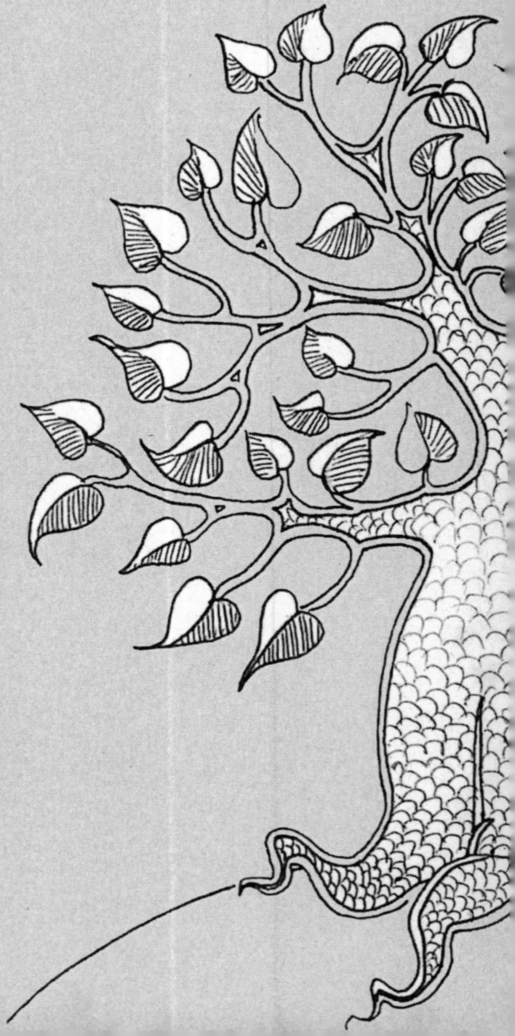

52

OF LOVE AND DEMONS

One day immediately after King Kashyap completed his morning rites, his wife Diti expressed her desire for a sexual union with him. Kashyap explained that intercourse during the day produces a child of demonic nature. But he couldn't win the argument. The son born of their mating that morning, Hiranyaksha turned out to be so vicious that he attacked Lord Varaha (an incarnation of Vishnu) when he was pulling the Earth out of unfathomable water. It is a different matter that due to the repentance and prayer of Diti, King Prahlad was born in this very dynasty later.

Like clouds good people gain wealth for the purpose of dispensing it in charity.

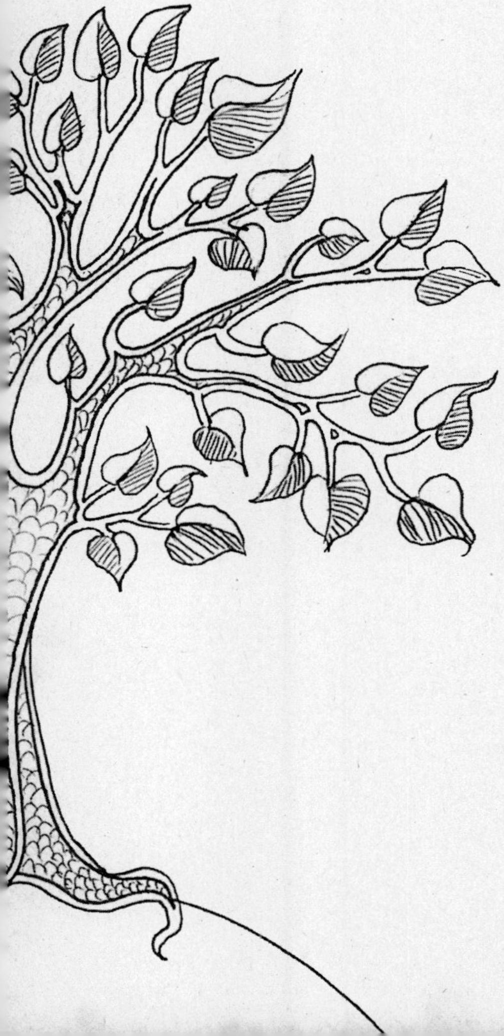

53
भरा कक्ष

धनराज श्रेष्ठी ने अपने दोनों लड़कों को बुलाकर कहा : 'मेरा वनवास का समय निकट आ गया। अपना व्यापार राज्य देने से पहल मैं जानना चाहता हूँ, तुममें से कौन अधिक योग्य है। यह लो एक एक मुद्रा और रातों–रात अपना कमरा किसी भी तरह भरकर दिखाओ।' दोनों के लिए श्रेष्ठी ने दो अलग कमरे पीछे के बाग में बनवाए हुए थे।

बड़े लड़के ने सोचा बाप पागल है भला इतने से क्या मिलेगा कि कमरा भर पाए। उसे एक तरकीब सूझी। वह ठेला भर कूड़ा लाया कमरे को भर दिया। दूसरे लड़के ने दूसरी तरकीब की, वह फूल और अगरबत्तियाँ ले आया। सुबह श्रेष्ठी ने जब उसने जैसे ही छोटे लड़के का कमरा खोला उसका चेहरा खिल उठा। वह कमरा सुगंध से भरा हुआ था। संसार में भी इसी तरह दो प्रवृत्तियों वाले लोग हैं।

जैनकथा

चर्म वर्क किल यस्य ने भेद्यं यस्य वज्रमयमस्थि च तौ चेत्।
स्थायिनाविह न कर्णदधीची तत्र धर्ममवधीरय धीर।।

– नैषधीयचरित, 5/1–29

जिस कर्ण का चर्म और कवच अभेद्य थे, जिस दधीचि की वज्र जैसी अस्थियाँ थीं, वे कर्ण और दधीचि भी स्थिर नहीं हुए, इसलिए हे धीर! स्थिर धर्म की अवहेलना मत करो।

53

DIFFERING FRAGRANCES

Calling both his sons Dhanraj Shreshthi said, "The time has come for me to leave my household and live a life of exile. Before handing over my business empire I want to know who is more competent of you two. Take this coin, and overnight, use it to fill up the rooms I have constructed for each of you in the orchard."

The elder son thought his father was mad because nothing could be bought with a single coin to fill up an entire room. An idea came to his mind. Bringing a full trolley of garbage he filled up the room. The second son adopted a different method and bought flowers and incense sticks. When in the morning the merchant opened the room of the elder son, he fled, repulsed by the foul smell of garbage. Then when he opened the room of the younger son, his face bloomed. That room was full of fragrance. The same way the world is full of people of these two different tendencies.

Karna (the eldest Pandava, who joined the Kauravas), whose skin and armour were impenetrable, Dadhichi (one of the greatest devotees of Lord Shiva, also known as Bhrigu Rishi) whose bones were like thunderbolt, were not steadfast. Therefore O Resolute One! Do not neglect the virtue of steadfastness.

54
भटका जीव

भगवान नृसिंह ने प्रह्लादराज से कहा, 'हम तुम्हारी भक्ति से प्रसन्न हैं, अब सदेह स्वर्ग चलो।' प्रह्लादराज ने कहा, पिता की मृत्यु के बाद अब क्योंकि राज्य का भार मेरे कंधों पर है इसलिए मैं अपनी प्रजा के बिना स्वर्ग नही जाऊंगा। भगवान नृसिंह ने कहा, 'ठीक है लोगों से पूछ लो।' प्रह्लादराज सारा दिन अपने राज्य में भटके मगर कोई भी व्यक्ति स्वर्ग जाने को राजी नहीं हुआ। भगवान नृसिंह ने कहा, 'अब तो चलो', प्रह्लादराज ने कहा, 'अगर लोग नहीं राजी तो प्रजातुल्य पशु भी तो हैं मेरे राज्य में उनसे भी पूछ लूँ।'

प्रह्लाद सुबह–सुबह निकले, उन्होंने देखा, एक सुअर बाहर धूप में लेटा है। प्रह्लादराज ने पूछा–स्वर्ग चलोगे ?

सुअर–वह क्या होता है ?

प्रह्लादराज–वहाँ तरह–तरह का सुख है, सुगंधित हवाएँ बहती हैं, सालभर बसन्त रहता है, किसी को भूख नहीं लगती।

सुअर–ठहरो। जरा अपनी घरवाली से पूछ लूँ ? ए सुअरिया, सुनती हो ? प्रह्लादराज आए हैं, कहते हैं स्वर्ग में बड़ा सुख है, साथ ले जाने को राजी हुए हैं। सुअर ने ऊँचे स्वर में पूछा! भीतर से सुअरिया की आवाज आई–और तो सब ठीक है मगर क्या वहाँ मेरे और मेरे बच्चों के लिए पर्याप्त मल मिलेगा ?

यह सुनकर प्रह्लाद ने अपना माथा पीट लिया।

भागवतम् प्रसंग

नानुप्तं रोहते सस्यं तद्वद् दानफलं विदुः।
यद् यद् ददाति पुरुषस्तत् प्राप्नोति केवलम्।।

– महा. अनुशासनपर्व, 149

जिस प्रकार बिना बोये अन्न उत्पन्न नहीं होता, उसी प्रकार दान का फल समझा जाता है। मनुष्य जो–जो दान देता है, केवल वही–वही प्राप्त करता है।

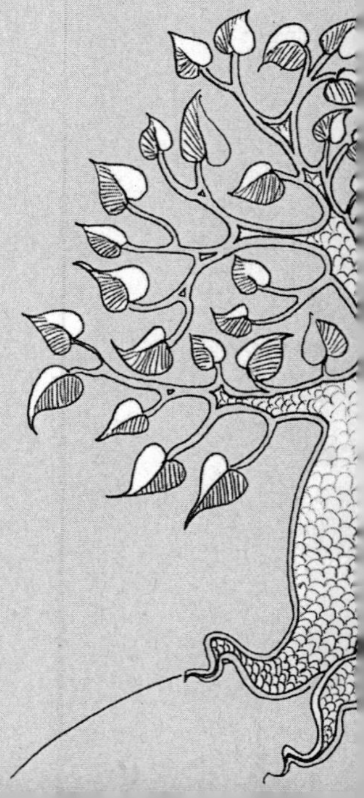

54

IN SEARCH OF HEAVEN

Bhagwan Narasingha, an avatar of Vishnu, said to Prahladraj, the ardent devotee of Vishnu and king of the demons, “I am pleased with your devotion. Now you can reach heaven with your body intact.”

Prahladraj said, “Since the responsibility of the kingdom is on my shoulders after my father’s death, I won’t go to heaven without my subjects.”

Narasingha said, “Let it be so. Ask your subjects if they want to accompany you.” Prahladraj roamed for a whole day in his town but could not find anybody willing to accompany him to heaven.

Prahladraj said, “If people are not ready, then let me ask the animals in my kingdom. They are also my subjects.”

Early the next day, he left his palace and came across a pig lying in the sun. Prahladraj said, “Will you accompany me to heaven?”

The pig said, “What is that?”

Prahladraj said, “It is a place filled with comforts like perfumed air, and beautiful spring time prevails all through the year and no one experiences hunger pangs.”

The Pig said, “Wait. Let me ask my wife.” He spoke to his wife: “Prahladraj has come. He is saying there are many pleasures in the heavens and he is ready to take us along.”

The wife pig said, “All else is fine but will I get enough waste and faeces there for me and my children?’”

When Prahlad heard this, he sat down with his head in his hands.

As grains do not sprout with a seedling, so is the result of charity. Whatever man gives is what he shall receive.

55

अंतिम विकल्प

श्रमण परंपरा में जैन साधुओं की छुल्लक, ऐलक, और आचार्य आदि श्रेणीयाँ होती हैं। जैन साधु जब भिक्षा के लिए निकलते हैं तो संकल्प करते हैं कि जिस घर के बाहर अमुक–अमुक चिह्न होंगे वहीं की भिक्षा ग्रहण करेंगे। एक जैन साधु ने संकल्प किया कि जब तक दो व्यक्तियों का उद्धार न कर लेंगे भोजन नहीं करेंगे। मध्याह्न से पहले ही वे व्यक्ति को कैवल्य का उपदेश देकर जब आगे बढे तो उन्हें उन्हीं चिह्नों वाला एक घर दिखाई दिया जहाँ से वे भिक्षा ग्रहण कर सकते थे। संयोग से एक षोडशी भिक्षा लेकर बाहर आई। मुनिवर उसके रूप पर आसक्त हो गए। कन्या के पिता नहीं थे इसलिए माँ ने इस शर्त पर कि मुनिवर घर जमाई बनेंगे–दो घंटे के भीतर उनका विवाह करवा दिया। सूर्यास्त से पहले नववधू भोजन लेकर भीतर के कक्ष में घुसी। मुनिवर बड़े असमंजस में थे। उन्होंने अपनी समस्या बताई। 'दो का उद्धार करना था। मगर कर पाया सिर्फ एक का।' नववधू कुछ देर सोचती रही फिर बोली–'कोई दूसरा नहीं मिल रहा तो आप स्वयं अपना उद्धार कर लीजिए।' मुनिवर ने विस्फारित नेत्रों से पत्नी की ओर देखते हुए कहा–'ऐसा?' 'और नहीं तो क्या?' नवविवाहिता बोली–'आज के बाद से आपका उद्धार कार्य मैं ही किया करूगी।'

जैनकथा

अक्षैर्मा दीव्यः कृषिमित्कृषस्व वित्ते रमस्व बहु मन्यमानः।
तत्र गावः कितव तत्र जाया तन्मे विचष्टे सवितायमर्यः।।

– ऋग्वेद 10/34/13

जुआ मत खेलो, बल्कि खेती करो। अपने धन को बहुत समझो और खुश रहो। अरे जुआरी, खेती रहेगी तो तुम्हारी गायें रहेंगी, तुम्हारी पत्नी रहेगी। देखो, सूर्य के प्रकाश में भी यही संदेश छिपा हैं।

55

THE ONLY ALTERNATIVE

In the Jain 'Shraman' tradition there are several categories amongst the sages or the '*sadhus*'. Before accepting charity from a house, the sage has to decide the kind of house, charity can,or should be accepted from.

One day, a Jain sage decided that he would save the souls of two people before accepting charity or food from the house . As it happened, a fatherless young woman came to the door to give the sage his food. The sage was attracted to the young woman and the mother of the young woman agreed to allow marriage between the two, if the sage could agree to continue staying in the girl's house. The sage agreed, and the two were married in the next two hours. When the young girl he had married, came to the sage with the food, the sage remembered his pledge that he would save the souls of two people before he could accept food,and he had saved only one soul that day. His new bride pondered over this problem for a while and then suggested that the sage's own soul could be saved, and that task henceforth be performed by the young woman, which the sage accepted.

Do not gamble, instead do farming. Appreciate your wealth and keep happy. O gambler, if your farm is there, your cows and wives will be there. Even the light of sun hides the message. "Count your blessings".

56
कपास की आस

धरणीधर बाबा अपने शिष्य को लेकर वृन्दावन से गोकुल चले। कुटिया में एक सिकहर पर कपास के छोटे–छोटे गोले भरे लटके थे। बाबा इसी कपास से बत्ती बनाकर दिया जलाते थे। कुटिया का द्वार बंद करके बाबा जब चले गए भीतर कहीं एक बिल्ली बैठी थी। बाबा जब चले गए तो बिल्ली दिन भर उछलती रही इस आशा में कि वह सिकहर का मक्खन खा लेगी जो असल में रुई थी। शाम को बाबा जब लौटे तो उन्हें फर्श पर एक पस्त पड़ी बिल्ली दिखाई पड़ी। बाबा ने तुरंत सिकहर उतार कर नीचे रख दिया। बिल्ली की सुविधा के लिए बाबा बाहर चले गए। कुछ देर बाद जब बाबा वापस लौटे तो बिल्ली मर चुकी थी। जीवन भी संसार में जब तक झूठी आशा बनी रहती है इसी तरह कढ़िलता है, मगर जब सत्य से साक्षात्कार होता है तो शरीर बेमानी लगने लगता है।

ब्रज के भक्त

अलङ्कारो हि नारीणां क्षमा तु पुरुषस्य वा।

– वा. रामा. बा. कां., 33/7

क्षमा स्त्रियों का और पुरुष का भी अलंकरण है।

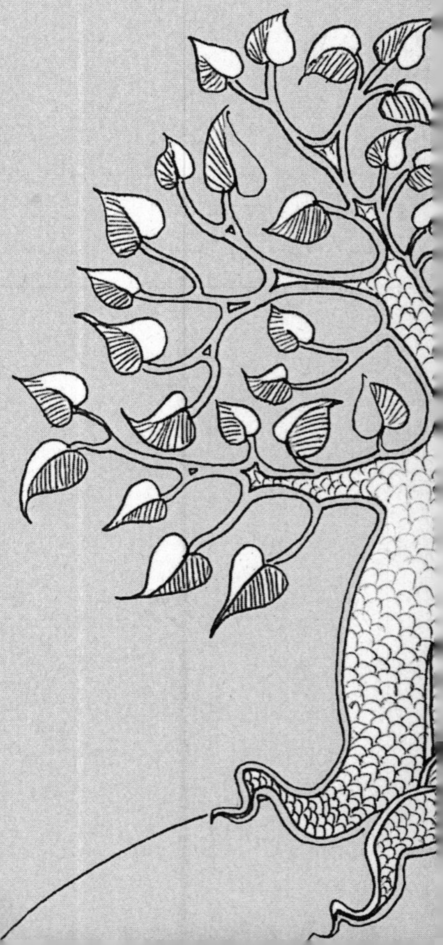

56

FALSE HOPE

One day Dharanidhar Baba left his hut, in which a cat was hiding unbeknownst to him. Inside the hut, small balls of cotton were suspended from the ceiling, drying out so they could later be used as lamp wicks. After Baba left, the cat came out and kept leaping up, trying to get the cotton balls, which it mistook for butter. When Baba returned in the evening, he found the exhausted cat lying on the floor and realised what had happened. He brought down the cotton balls, so the cat could have them and he went out again. But when he returned, the cat was dead!

We live our lives chasing false hopes, but the day we are able to confront the truth, all else becomes meaningless.

Forgiveness is the embellishment of not only woman but man also.

57

सत्याभास

एक ऋषि हुए उतश्य। एक शाम जब वे आश्रम के बाहर पौधों में पानी दे रहे थे तो पास की झाड़ी में एक बाण बिंधा जंगली शूकर आकर छिप गया। कुछ ही पल बाद एक शिकारी आया उसने उतश्य से पूछा–क्या एक घायल शूकर यहाँ आया है? उतश्य ने सोचा अगर मैं बता दूँगा तो यह निर्दोष प्राणी मारा जाएगा और अगर नहीं बताता तो मिथ्या भाषी कहलाऊँगा। उतश्य ने बड़ी सफाई से उत्तर दिया–जो आँख देखती है उसके पास वाणी नहीं और जो वाणी बोलती है वह देखती नहीं। उतश्य को बावला मानकर वह शिकारी आगे बढ़ गया। उतश्य ने सच कहा न झूठ।

देवी भागवत

अयं निजः परोवेति गणना लघुचेतसाम्।
उदारचरितानां तु वसुधैव कुटुम्बकम्।।

– पंचतंत्र, अपरीक्षितकारक, 38

यह अपना है या पराया ऐसा विचार तुच्छ ह्रदय वाले व्यक्ति ही करते हैं। उदारचरित्र व्यक्तियों के लिए तो सम्पूर्ण पृथ्वी ही अपना कुटुम्ब होती है।

57

ILLUSION OF TRUTH

There was a sage called Utshay. One evening when he was watering the plants outside his ashram, he saw a wounded boar come and hide in a nearby bush. Soon after, the huntsman who was after the boar arrived, and asked Utshay, "Did a wounded pig come this way?"

Utshay thought that if he revealed the boar's hiding place, the innocent animal would certainly be killed, and if he didn't, then he would be called a liar. Utshay very dexterously replied, "What the eyes see, cannot be expressed in words, and what the words speak, the eyes do not see." The huntsman went off thinking the sage was crazy. Utshay smiled knowing he had neither lied nor told the truth.

Only a lesser man assesses what is his and what is somebody else's. For the greater man the entire world is his.

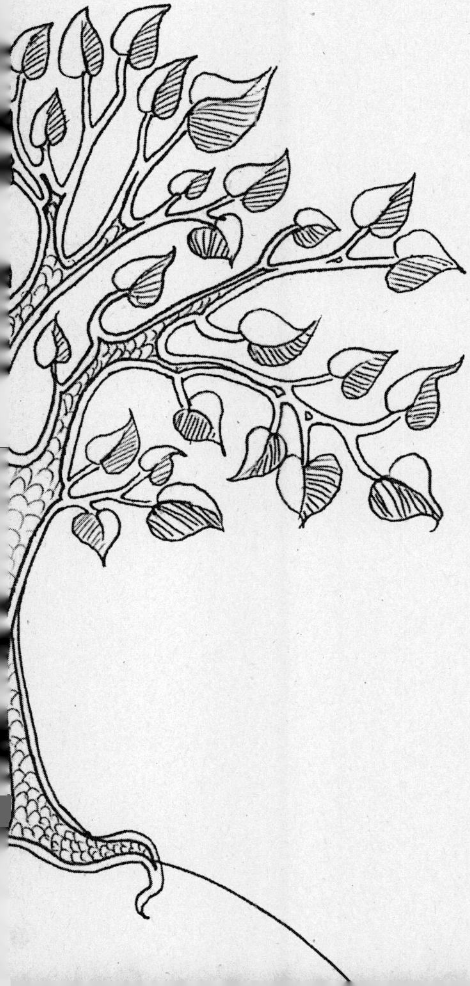

58
सबके दाता सूर्य देवता

सूर्य को सवेरे ही रोककर उनकी पत्नी रानकदे ने कहा—आप एक बार घर से गए नहीं कि रात तक लौटते ही नहीं। सूर्य देवता बोले—क्या करूँ छोटे से छोटे जीव तक के भोजन की व्यवस्था करनी होती है इसीलिए समय लग जाता है। पत्नी ने सूर्य देवता को झूठा साबित करने के लिए एक चींटी को उठाकर अपनी सिंदूर की डिबिया में बंद कर लिया। रात को सूर्य देवता जब घर लौटे तो पत्नी ने पूछा—सभी के खाने की व्यवस्था कर आए? सूर्य देवता ने कहा—हाँ। पत्नी के आश्चर्य की सीमा न रही जब सिंदूर की डिबिया खोलने पर उसने देखा कि सिंदूर के बीच छिपे चावल का आधा भाग चींटी खा चुकी है।

सूर्यांक

दीनान्धपङ्गुबधिरा नोपहास्या कदाचन।

— शुक्रनीति, 3/115

दीन, अन्धे, पंगु और बहरे व्यक्तियों का कभी भी उपहास नहीं करना चाहिये।

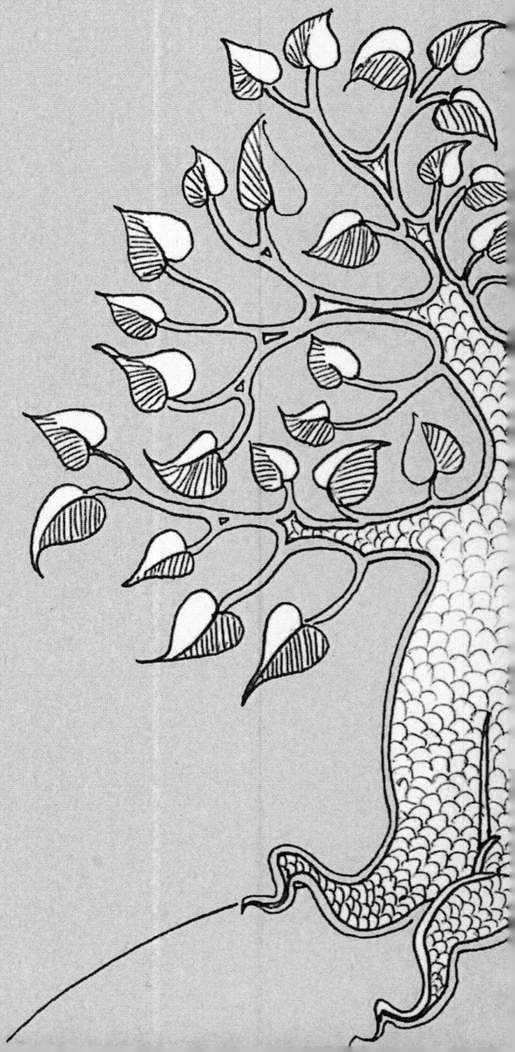

58

THE BENEFACTOR

Sun god was stepping out in the morning. His wife Rankade stopped him and said, “Once you leave home, you do not come back till it is night.” Sun god replied, “What should I do? I have to make arrangement for the food of even small beings for which time is required.” In order to prove that he was a liar, the sun god's wife put an ant in her small vermillion case by picking it up from the ground. When the sun god returned home at night, his wife asked if he had arranged food for all. The sun god said, “Yes.” The wife's surprise knew no ends when she noticed that the ant had eaten up half a grain of rice hidden in the vermillion.

Poor, blind, lame and deaf people should never be laughed at.

59
साक्षी दर्शन

विदेहराज जनक की रंगशाला में मदिरा का दौर चल रहा था। अर्धनग्न सुंदरियाँ नाच रही थीं। तभी एक ज्ञानी तपस्वी पंडित उनसे शास्त्रार्थ करने पहुँचा। जनक ने कहा–मुनिवर! रंगशाला में बैठना हो तो आएँ वरना शास्त्रार्थ सवेरे करेंगे। तब तक भोजन ग्रहण कर विश्राम करें। संन्यासी मन ही मन जनक को पाखंडी आदि कहकर सोने चला गया।

सुबह–सुबह जनक उस तपस्वी को लेकर नदी में स्नान करने गए। उस तपस्वी ने अपनी लंगोटी, नदी के तट पर बने जनक के स्वर्ण महल से सटाकर रेत पर रख दी। अब दोनों में ज्ञान चर्चा होने लगी। इसी बीच महल से आग की लपटें निकलने लगीं। जनक ने जानबूझकर ऐसा करवाया था। तपस्वी चिल्लाया–जनक! तुम्हारे महल में आग लग गई है। जनक ने कहा, छोड़िये भौतिक ऐश्वर्य को, ब्रह्मचर्चा चलने दीजिए। महल अब पूरी तरह जल रहा था। वह संन्यासी किनारे की तरफ यह कहते हुए भागा कि पहले लंगोटी बचा लूँ फिर ब्रह्मचर्चा करूँगा। जनक यह सुनकर जोर से हँसे। लंगोटी हटाते समय संन्यासी को एकाएक कौंधा। एक जनक हैं जिन्हें महल तक की चिन्ता नहीं और एक मैं?

साक्षी दर्शन

दाता लघुरपि सेव्यो भवति न कृपणो महानपि समृद्धया।
कृपोऽन्तः स्वादुजलः प्रीत्यै लोकस्य न समुद्र।।

पंचतंत्र, मित्रसम्प्राति, 74

दानी व्यक्ति छोटा होने पर भी सेवा के योग्य होता है और कृपण व्यक्ति समृद्धि के कारण महान होने पर भी सेवनीय नहीं होता। स्वादिष्ट जल से परिपूर्ण कुआँ ही लोगों के आनन्द का कारण होता है, समुद्र नहीं।

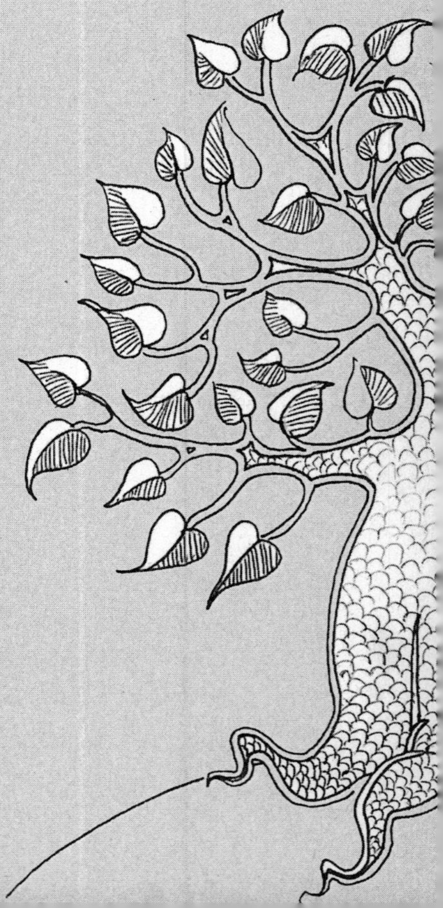

59

ON DETACHMENT

In the Rangashala or entertainment hall of Janaka, the king of Videha, the alcohol was freely flowing as scantily clad beauties danced to entertain guests. Just then, a learned, spiritual guru arrived to exchange views on classics and other spiritual matters with the king, who invited the guru to join him in the Rangashala. King Janaka also offered that the ascetic guru may have his food and rest, and they could hold their discussions the next day. The sage cursed Janaka's lack of interest in spiritual matters, and went to sleep.

The next morning, Janaka and the ascetic went to bathe in the river. The ascetic removed his loincloth before entering the water. They were swimming in the water and could see the palace in the distance. All of a sudden, the palace appeared to be on fire. Smoke and flames came billowing out of it. Yet King Janaka— having planned the fraudulent fire—continued to discuss spiritual matters with the ascetic, who became more and more distracted. Finally, he scrambled out of the river, grabbed his loincloth from the bank. "Are you not worried about your burning palace, King?" the sage cried. The king laughed at the sage. "Yesterday I was focused on the Rangashala and today I am focused on our discussion." The sage marvelled at Janaka's amazing power of concentration, no matter what its object.

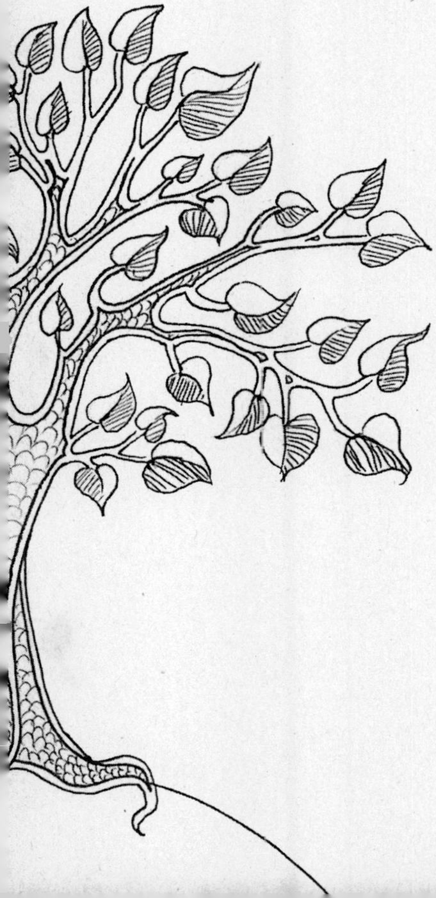

The generous person is worthy of service and a stingy but wealthy person is never so. A well full of sweet water is what people love, not an ocean.

60
नव बन्धन

उन दिनों तथागत श्वेत वन में विहार कर रहे थे। सायंकाल एक यक्ष ने बुद्ध से प्रश्न किया। मन्ते, क्या आपके पास कोई नीड़, कोई आश्रय अथवा संतति है अथवा आप पूर्णतः बन्धनमुक्त हैं?

तथागत ने उत्तर दिया–नहीं। यक्ष ने कहा, कृपया अपना उत्तर थोड़ा स्पष्ट करते हुए समझाइए। तथागत बोले–मेरे लिए माँ आश्रय है, नीड़ भार्या और तृष्णा को मैं बन्धन कहता हूँ और मैं इन तीनों से मुक्त हूँ। यह सुनकर यक्ष उन्हें नमन करने लगा। बुद्ध ने कहा–मैंने मात्र उत्तर दिया है चरण छूकर अब मुझे बाँधो नहीं।

धम्म संगहों

स सुहृद् यो विपन्नार्थं दीनमभ्युपपद्यते।
स बन्धुर्योऽपनीतेषु साहाय्यायोपकल्मते।।

– वा.रामा.यु.कां., 63/27–28

मित्र वह है जो दीन और आपत्तिग्रस्त की सहायता करता है, बन्धु वह है जो पथभ्रष्ट की सहायता करता है।

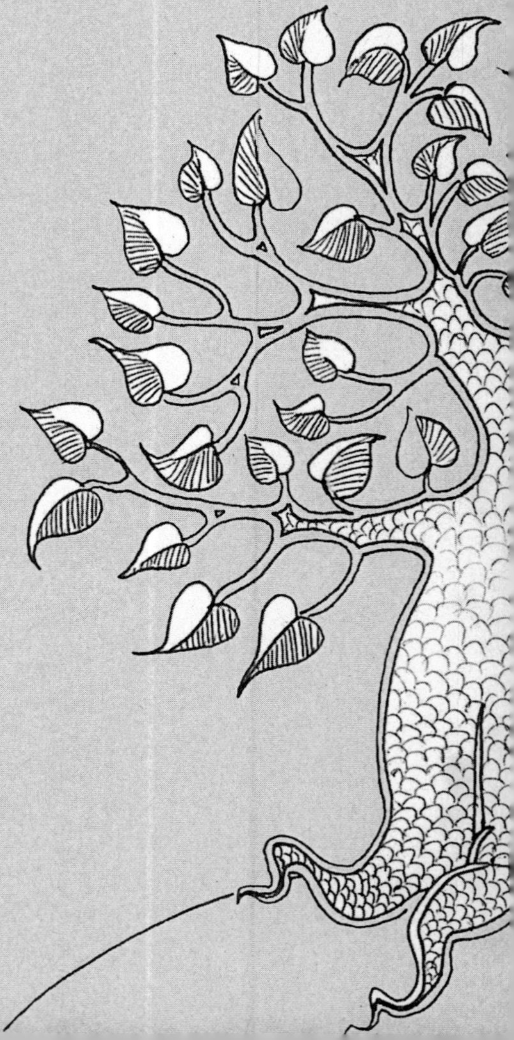

60

FRESH TIES

One evening when Tathagata Buddha was residing in Shweta Vana, a yaksha asked him, "Sire, do you have a home, a place to rest, or your own people with whom you can rest? Or are you truly free of all ties?"

Tathagata replied, simply, "No." The yaksha asked him to say more. Tathagata replied, "For me, a mother signifies a resting place, a wife a nesting place, and greed creates illusions. I have aspired to be free of all these."

On hearing this, the yaksha's reverence for the Buddha swelled and he went to touch his feet with respect.

Buddha said, "I've only answered your questions. Do not create new ties for me by touching my feet."

He is a friend who helps the poor and the needy;
he is also a friend who helps the one who is lost.

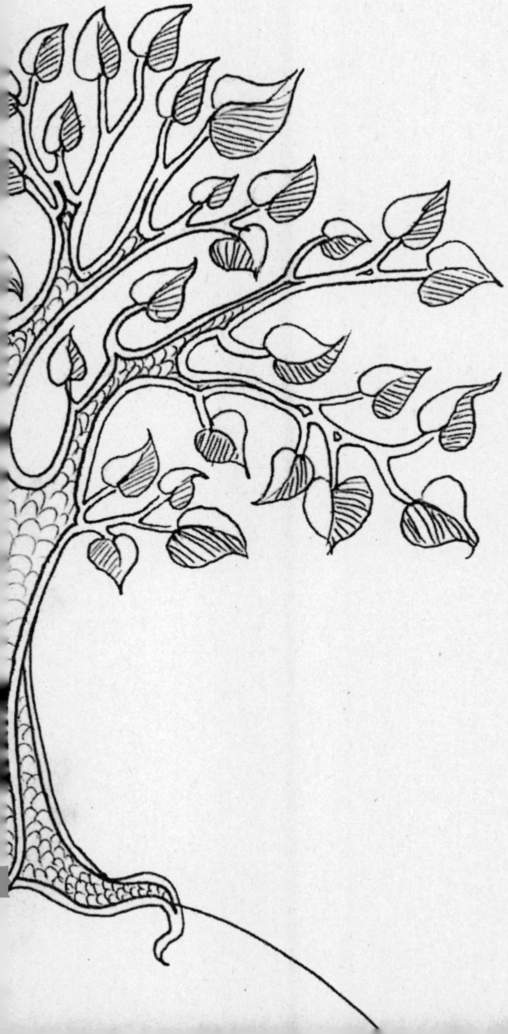

61

कौशिक का क्रोध

कौशिक ऋषि ध्यान कर रहे थे कि पेड़ की डाल पर बैठे एक बगुले ने उनके माथे पर बीट कर दी। कौशिक ने क्रोध में भरकर जैसे ही इस बगुले की तरफ देखा वह बेचारा राख होकर पृथ्वी पर गिर पड़ा।

दूसरे दिन कौशिक भीख माँगने के लिए एक द्वार पर खड़े थे। घर की मालकिन बर्तन धो रही थी। तभी उसके पति ने भोजन माँगा। वह जल्दी–जल्दी उनके पाँव धोकर उनके लिए भोजन परोस कर सामने बैठ पंखा झलने लगी। कौशिक यह सब देख रहे थे। मालकिन जब मुक्त हुई तो भीख देने कौशिक के पास आई। क्रोध भरे कौशिक ने लाल–लाल आँखों से उस गृहिणी को देखा। इतनी प्रतीक्षा उनसे किसी ने न करवाई थी। मालकिन बोली–मैं कोई बगुला नहीं हूँ। आपका क्रोध यहाँ काम नहीं आएगा। कौशिक जो भिक्षा मिलने में होने वाली देर से बुरी तरह झल्लाए हुए थे एकाएक चौंक उठे, उन्हें अब पता चला कि वह गृहिणी कितनी महान पतिव्रता है। कौशिक शर्मिंदा होकर उसके चरणों में गिर पड़े। तब उस महिला ने कहा–मिथिला जाइए वहाँ आपको धर्मव्याध मिलेगा। कौशिक ऋषि को धर्मव्याध ने जो शिक्षा दी वह भी किसी गीता से कम नहीं मानी जाती।

महाभारत

सङ्कटे हि परीक्ष्यन्ते प्राज्ञाः शूराश्च सङ्गरे।

– कथासरित्सागर, 6/5/93

बुद्धिमान व्यक्ति की संकट के समय और शूर व्यक्ति की युद्ध में परीक्षा होती है।

61

THE ANGER OF KAUSHIK

Kaushik Rishi was meditating under a tree when a crane sitting on a branch above, eased itself on to the sage's head! Kaushik Rishi looked up angrily at the bird and it was burnt instantly and fell to the ground.

The very next day Kaushik Rishi was standing before a house for his bhiksha or alms. The lady of the house was washing utensils. At that moment her husband asked for food. She quickly washed his feet and served him food and began fanning him. Kaushik was watching all this. When she had finished serving him his food, and when she at last was free to attend to the rishi, she came to give the rishi his bhiksha. Kaushik's eyes had turned red with anger, as nobody had ever made him wait so long. The housewife, observing this said, "I am no coward, and I do not fear your anger. Your anger will not work here. My first duty is to my husband." Kaushik realised that her priorities were in order and her devotion to her husband was absolutely justified. Kaushik fell at her feet, embarrassed. Then the lady said, "Go to Mithila where you'll find Dharmavyadh, who will be a good tutor for you." The lessons that Dharmavyadh taught him, were not in any way lesser than those in Gita. Thus, the housewife with her truthfulness guided the sage to achieving the greatest truth of life.

The true test of an intelligent man is during difficulty and of a brave man during war.

62
सारमेय

हिमालय पर जाते हुए जब युधिष्ठिर के सभी भाई द्रौपदी सहित बर्फ पर गिरकर गल गए तो युधिष्ठिर ने देखा कि सामने एक विमान खड़ा है और कोई देवदूत युधिष्ठिर से सदेह स्वर्ग चलने की प्रार्थना कर रहा है। युधिष्ठिर के साथ सारमेय (उनका कुत्ता) भी था। युधिष्ठिर ने देवदूत से कहा–मैं इस कुत्ते के साथ विमान पर बैठ सकता हूँ? देवदूत बोला–पशु स्वर्ग जाने के अधिकारी नहीं। आपको यह कुत्ता यहीं छोड़ना पड़ेगा। इस पर धर्मराज युधिष्ठिर बोले–तब फिर मुझे भी स्वर्ग नहीं जाना। युधिष्ठिर के मुँह से जैसे ही ये शब्द निकले वैसे ही वह कुत्ता विलीन हो गया। इसकी जगह धर्मराज स्वयं सामने आकर बोले–वत्स! तुम धन्य हो, तुमने अभी भी धर्म का मार्ग नहीं छोड़ा। तुम परीक्षा में सफल हुए।

महाभारत–शांतिपर्व

भूमिः कीर्तिर्यशोलक्ष्मीः पुरुषं प्रार्थयन्ति हि।
सत्यं समनुवर्त्तन्ते सत्यमेव भजेत् ततः।।

वा. रामा. अ. काण्ड, 109/22

पृथ्वी, कीर्ति, यश और लक्ष्मी सत्यपरायण पुरुष की ही कामना करती हैं, बुद्धिमान व्यक्ति सत्य का ही अनुवर्तन करते हैं, इसलिए सत्य का ही सेवन करना चाहिये।

62

THE DOG AT THE GATES OF HEAVEN

During Pandavas' last journey to the Himalayas, Yudhishthira's four brothers, and their wife Draupadi slipped on ice and died. Yudhishthira then saw a flying chariot standing before him and a messenger of the gods beseeching him to go to the heavens in his physical body. His dog, Sarameya was with Yudhishthira. "Can I sit with this dog on the chariot?" Yudhishthira asked. The messenger said, "Animals are not capable of entering heaven. You have to leave the dog here." On hearing this Yudhishthira replied, "Then I don't want to go." The moment Yudhishthira spoke the words, the dog vanished, and Dharmaraj himself stood before Yudhishthira. "Son! You are great. Even in the face of death, you have not left the path of dharma. You have passed the ultimate test successfully."

The earth, great action, fame and wealth are desired by truthful men, the intelligent follow truth, so only truth should be used in life and in death.

63
प्रार्थना का ढंग

एक सूफी फकीर हुआ अबू याजीद उल बिस्तामी। वर्षों वह ईशा की नमाज में शाम को मस्जिद आता। एक दिन लोगों ने देखा बिस्तामी अनुपस्थित है। दूसरी शाम भी जब वह बिस्तामी नहीं आया तो तीसरी शाम से पहले कुछ लोग उसे खोजने निकले। शाम होते–होते वह मिला कस्बे के बाहर टीले पर बैठा कुछ गाता हुआ। लोगों ने पूछा–बिस्तामी, नमाज में क्यों नहीं आते? बिस्तामी ने जवाब दिया–जब तक वह नहीं मिला था तब तक नमाज के लिए आता था। अब जब वह मिल गया है तो मेरे लिए पूरी पृथ्वी मस्जिद हो गई है और हर घड़ी प्रार्थना की घड़ी।

क्लासिकल सूफीज्म

अप्यप्रसिद्धं यशसे हि पुंसामनन्यसाधारणमेव कर्म।

कुमारसम्भव, 3/19

प्रसिद्ध न होने पर भी व्यक्तियों का असाधारण कार्य ही यश का कारण होता है।

63

WAYS OF PRAYING

There was a Sufi saint named Abu Yajeed Ul Bistami. For several years in the evening he came to the mosque to participate in the prayer of Isha (night time daily prayer, the fifth of the five daily prayers by Muslims). One day people saw that Bistami was absent. Even the second evening Bistami did not come to the mosque. Some people went to look for him before the third evening. He was found sitting on a mound outside the village, singing something. People said to him, "Bistami, why do you not come for prayer?" Bistaimi replied, "So long as He was not available, I came for the prayer. Now when He is available, the whole of the earth has become mosque for me and every time is the time for prayer."

"Inspite of certain people not being famous, the extraordinary work of these very people becomes the cause of their fame."

64

आधा–आधा

संत तुकाराम के जीवन में बहुतेरी घटनाएँ ऐसी हैं जिनसे उनके हृदय की सरलता का आभास मिलता है। एक बार वे गन्ने के खेत से गन्नों का एक गट्ठर लेकर चले। रास्ते में जो भी व्यक्ति उनसे गन्ना माँगता वे फौरन दे देते। घर पहुँचते–पहुँचते सिर्फ एक गन्ना बचा। पत्नी घर में भूखी और प्रतीक्षारत थी। तुकाराम के घर पहुँचते ही उसने उस गन्ने से संत को मारना शुरू कर दिया। थोड़ी ही देर में गन्ने के दो टुकड़े हो गए। बजाय इसके कि संत तुकाराम प्रतिक्रिया स्वरूप लड़ते–झगड़ते, उन्होंने पत्नी को आधा गन्ना देते हुए कहा–आधा तुम चूसो और आधा मैं चूस लूँगा। तुकाराम के मुख से इतने सरल सीधे शब्द सुनकर उनकी पत्नी रोते–रोते उनके चरणों में गिर पड़ी।

भारत के संत

वेदाऽहमेतं पुरुषं महान्तमादित्यवर्णं तमसः परस्तात्।
तमेव विदिदत्वाऽति मृत्युमेति नान्यः पन्था विद्यतेऽयनाय।।

यजुर्वेद, 31/18

अन्धकार से परे, सूर्य की भाँति दैदीप्यमान इस पर पुरुष को मैं जानता हूँ। उसको जानकर ही मनुष्य मृत्यु को पार कर सकता है। मुक्ति का अन्य कोई मार्ग नहीं है।

64

HALF AND HALF

Saint Tukaram's life story shows the simplicity of his heart. Instructed by his wife, he once took a bunch of sugarcanes from the field for their next meal. On his way home, if anyone asked him for a cane, he would give it instantly. By the time he reached home, there was only one stick left. His wife was hungry and waiting. She started beating Tukaram with the very same stick. Soon it got broken into two. Instead of fighting back in reaction, he gave half the sugarcane to his wife and said, "You have half and I will have the other half." Hearing such simple words from his mouth after so much strife and ill spoken words from her, his wife realised her mistake and fell at his feet asking for forgiveness.

Beyond all darkness, I know this bearer of light who is like the sun. Only after knowing him can man cross death. There is no other path of liberation.

65

अहल्या

गौतम ऋषि की पत्नी अहल्या इतनी सुंदर थी कि इन्द्र उस पर आसक्त हो गया। ब्रह्मवेला में जब गौतम नदी में स्नान करने गए थे तो इन्द्र ने वेष बदलकर अहल्या से संभोग किया। इन्द्र अभी संभोग कर ही रहा था कि गौतम वापस आ गए। इन्होंने इन्द्र के अण्डकोश सूख जाने और अहल्या को पत्थर की शिला हो जाने का शाप दिया। बाद में जब गौतम को पूरी परिस्थिति समझ में आई तो उन्होंने अहल्या से कहा–त्रेता में राम अपने गुरु विश्वामित्र सहित यहाँ से गुजरेंगे तब उनके चरण स्पर्श से तुम्हारा पुनरुद्धार होगा। हुआ भी यही। विश्वामित्र जब राम–लक्ष्मण को लेकर वन प्रस्थान कर रहे थे तो रास्ते में अहल्या का भी उद्धार राम ने किया था।

वाल्मीकि रामायण

यो मित्राणि करोत्यत्र न कौटिल्येन वर्तते।
तैः समं न पराभूतिं सम्प्राप्नोति कथञ्चन।।

पंचतंत्र, मित्रसम्प्राप्ति, 116

जो मनुष्य इस संसार से मित्र बनाता है और उसके साथ कुटिलतापूर्वक व्यवहार नहीं करता, वह कभी भी शत्रुओं से पराजित नहीं होता।

65

AHALYA

Gautam Rishi's wife Ahalya was so beautiful that even Indra was enamoured of her. Early in the morning, before sunrise, when Gautam Rishi went to take his bath, Indra came disguised as the sage and slept with Ahalya. When the sage returned and saw what had happened, he cursed Indra's sperm to dry up and turned Ahalya into stone. Later on, Rishi realised his error in punishing Ahalya. He told Ahhilya, "In the next era, the Tretayug, sage Vishwamitra will pass through this place with his disciple Rama and your curse will be lifted and you will turn back into a woman." And it so happened.

The person who makes friends in this world and does not behave in a wily manner with them, is never defeated by enemies.

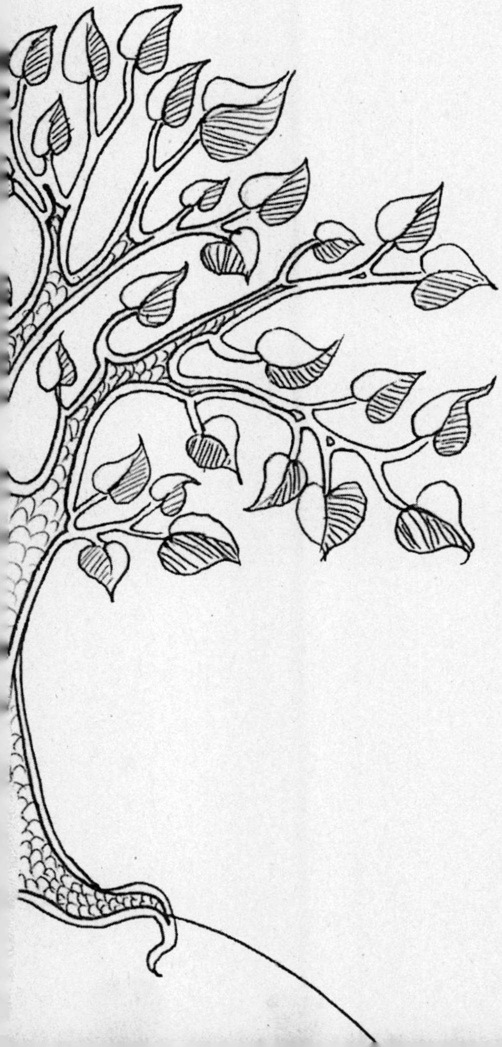

66
सही धर्म

बैसाखी का पर्व। गुरु गोविन्दसिंह का प्रवचन चल रहा था कि मुगलों के सिपाहियों ने हमला बोल दिया। सिखों ने डटकर मुकाबला किया। कई सिपाही मारे गए, कुछ घायल हुए बाकी भाग गए। युद्ध के दूसरे दिन जब गुरु गोविन्दसिंह फिर प्रवचन कर रहे थे तो किसी ने आकर शिकायत की—कन्हैया नाम का एक सिख न सिर्फ घायल सिखों को पानी पिला रहा है बल्कि घायल मुगलों को भी पानी पिला रहा है। गोविन्दसिंह जी ने तत्काल कन्हैया को बुलाया और पूछा—क्या यह सत्य है। कन्हैया बोला—मैं आपकी शिक्षानुसार ऐसा कर रहा हूँ। मुझे हर चेहरे में आपका ही चेहरा दीख पड़ता है। गुरु गोविन्दसिंह कन्हैया की बात को सुनकर बोले—मेरी शिक्षा सिर्फ कन्हैया ने ही सही ग्रहण की है क्योंकि प्रत्येक जरूरतमंद की सहायता करना ही सही धर्म है।

गुरुग्रंथ साहिब

तेषामेवैष ब्रह्मलोको येषां ब्रह्मचर्य येषु सत्यं प्रतिष्ठितम्।

प्रश्नोपनिषद् 1/15

जिन व्यक्तियों में तप, ब्रह्मचर्य और सत्य प्रतिष्ठित हैं,
वे ही ब्रह्मलोक को प्राप्त करते हैं।

66

ON FAITH

It was the time of the festival of Baisakhi. Guru Govind Singh was giving his discourse when Mughal soldiers attacked. The Sikhs faced them boldly. Some were killed, some were injured, and some ran away. The next day, when the Guru was continuing with his discourse, somebody came and complained, "A Sikh called Kanhaiyya is giving water not only to injured Sikhs but to the Mughal soldiers as well." Guruji called Kanhaiyya and asked him, "Is it true?" Kanhaiyya said, "I am working according to your teachings, I see your face in every face." Guruji said, "Only Kanhaiyya has understood my teachings. To help the needy is the real religion."

In those whom resides diligence, self-restraint, and truth, only they attain Brahma Loka, the abode of Brahma.

67
नर सेवा गुरु सेवा

वैशाली के निकट बुद्ध की देशना चल रही थी। एक भिक्षु जो कि गंभीर साधक था दो दिन के बाद बीमार पड़ जाने के कारण देशना से अनुपस्थित रहने लगा। चौथे दिन बुद्ध ने उस भिक्षु के विषय में पड़ताल की। सबने कहा वह बीमार है और क्योंकि वह वृद्ध भी है, इसलिए कौन उसकी सेवा करे, इसलिए कि वह किसी के काम का नहीं।

दूसरे दिन बुद्ध नियत स्थान पर उपदेश देने नहीं आए। अन्य भिक्षुओं ने खोजने पर पाया कि बुद्ध उसी बीमार भिक्षु की सेवा में तल्लीन हैं। अन्य सभी भिक्षुओं को आया जानकर तथागत ने कहा–सेवा और करुणा समबुद्धि से प्रेरित होकर ही की जाती है। लाभ की इच्छा से की गई सेवा व्यापार है। भाइयो जो मेरी शुश्रूषा करना चाहता है उसे चाहिए कि हर रोगी की सेवा करे।

महाबग्ग–विनय पिटक

ऋते दृंहमा मित्रस्य मा चक्षुषा सर्वाणि भूतानिक समीक्षन्ताम्।
मित्रस्याहं चक्षुषा सर्वाणि भूतानि समीक्षे।
मित्रस्य चक्षुषा समीक्षामहे।।

यजुर्वेद, 36/18

मेरी दृष्टि को दृढ़ कीजिये, सभी प्राणी मुझे मित्र की दृष्टि से देखें, मैं भी सभी प्राणियों को मित्र की दृष्टि से देखूँ, हम परस्पर एक दूसरे को मित्र की दृष्टि से देखें।

67

ON SERVICE

The Buddha was preaching near Vaishali. A monk who was a devout follower fell ill after two days and remained absent from the preaching sessions. On the fourth day Buddha enquired about the monk. Everybody said he was ill and old, of no use to anyone, so no one wanted to serve him.

The next day, the Buddha did not come to preach at the fixed place. Other monks found that he was busy serving the diseased monk. The Buddha told his followers who had come to look for him, "Service and tenderness come from being empathetic. The service that comes with the desire of profit is nothing but mere trade. Brothers, those who want to serve me should serve every diseased person."

Please focus my vision so that all creatures look at me in a friendly manner and I also do the same.

68
कबीर गाथा

रात के दस बजे कबीर की झोपड़ी पर कुछ साधु आ गए। खिलाने को घर में दाना न था। कबीर ने लोई से कहा–जा दुकान से आटा दाल ले आ। लोई ने कहा–पहले तो पहले का ही इतना उधार है फिर वह सेठ मुझ पर बुरी नजर रखता है। कबीर ने कहा–तू जा तो–सेठ को कहना जो चाहिए मिलेगा पर पहले आटा दाल दे दे, साधु लोग भूखे बैठे हैं। लोई गई और आटा दाल ले आई। खा पी कर साधु जब सो गए तो वर्षा होने लगी। कबीर ने लोई से कहा–तू मेरे कंधे पर बैठकर छाता तान ले और चल, सेठ प्रतीक्षा में होगा। लोई ने ऐसा ही किया। सेठ दुकान का दरवाजा भीतर से बंद कर, दिया जलाए लोई की प्रतीक्षा कर रहा था। लोई ने सांकल खटखटाई। सेठ ने दरवाजा खोला। लोई ने कहा–मैं आ गई। सेठ ने कहा–मगर इस मूसलाधार बारिश में ऐसा कैसे हुआ कि तेरे पैर और वस्त्र गीले नहीं। लोई बोली–मेरे पति मुझे कंधे पर बैठा कर लाए हैं। सेठ ने कहा मगर वह हैं कहाँ? लोई बोली–बाहर खड़े हैं। एकाएक सेठ को ज्ञान हुआ। वह बाहर आकर कबीर के पैरों में गिर पड़ा।

इंडियन सेन्ट्स

अनित्यं यौवन रूपं जीवितं रत्नसञ्चयः।
ऐश्वर्य प्रियसंवासो गृह्येत् तत्र न पण्डितः।।

महा. वन पर्व, 2/47

यौवन, रूप, जीवन, रत्नसंचय, ऐश्वर्य प्रिय व्यक्तियों का साथ रहना–ये सब नश्वर हैं, अतः बुद्धिमान व्यक्ति को इन सबकी लालसा नहीं करनी चाहिये।

68

ON KABIR

At ten in the night some sadhus came to Kabir's hut. There was not a grain to feed the guests. Kabir said to his wife Loi, "Go and get some dal and flour from the shop." Loi replied, "We owe the shopkeeper so much money already and he leers at me ."

Kabir said, "Tell him that you'll get whatever you want but first he should give you the dal and flour. The sadhus are hungry." Loi went and got the things from the shop. When the sadhus left after eating, it had begun to rain. Kabir said to Loi, "Sit on my shoulder with the umbrella. The shopkeeper must be waiting for us." Loi did that.

The shopkeeper had closed his shop and was waiting for Loi in the dim light of the earthen lamp. As Loi knocked, he opened the door. Loi said, "I have come." The shopkeeper said, "How is it that in such rain your clothes and feet are not wet?" Loi replied, "My husband brought me here on his shoulders." The shopkeeper asked, "But where is he?" Loi replied, "He is standing outside." The shopkeeper realised the truth. He came out and fell on Kabir's feet.

Youth, beauty, life, collection of precious gems, wealth, living with loved ones, all this is ephemeral. So, the intelligent should not desire these.

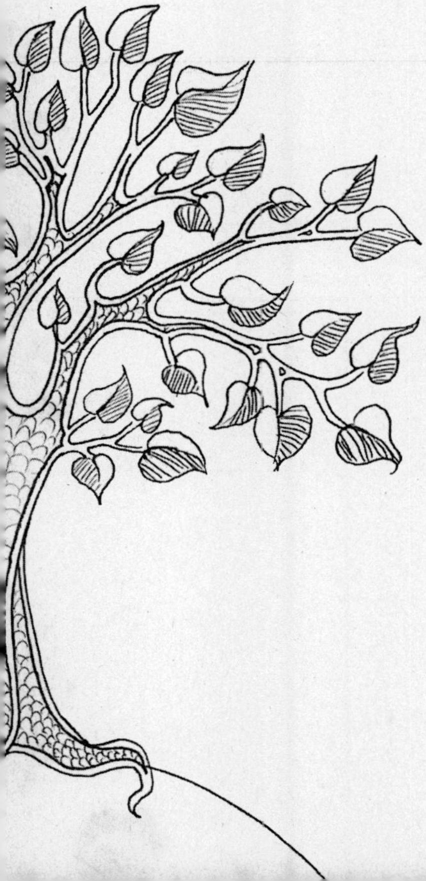

69

बसे रहो, उजड़ जाओ

गुरु नानक भ्रमण करते हुए एक गाँव में पहुँचे। उस गाँव के लोग बड़े झगड़ालू थे। गुरु नानक ने कहा–बसे रहो। चलते–चलते एक दूसरा गाँव आया। इस गाँव के लोग बड़े शांतिप्रिय थे। गुरु नानक ने उन लोगों से कहा–उजड़ जाओ।

गुरु नानक जब प्रभु का स्मरण करते आगे बढ़े तो मरदाना ने पूछा आपने झगड़ालू गाँव के लोगों को बसे रहने और शांतिप्रिय लोगों से उजड़ जाने का उपदेश क्यों दिया?

गुरु नानक जी ने मुस्कराते हुए उत्तर दिया–झगड़ालू लोग जहाँ जाएँगे झगड़ा बढ़ाएँगे इसलिए मैंने उन्हें बसे रहने की सलाह दी, जबकि शांतिप्रिय लोगों के लिए अच्छा होगा कि वे दूसरे गाँवों में जाएँ ताकि अन्य लोग भी शांत रहकर जीवनयापन करने की कला जानें।

यस्य पुत्रो वशीभूतो भार्याच्छन्दानुगामिनी।
विभवे यश्च संतुष्टः तस्य स्वर्ग इहैव हि।।

चाणक्यनीति दर्पण, 2/3

जिसका पुत्र आज्ञाकारी हो, पत्नी उसकी इच्छानुसार आचरण करने वाली हो और जो ऐश्वर्य में सन्तुष्ट रहे, उस व्यक्ति के लिए पृथ्वी पर ही स्वर्ग है।

69

TWIN INSTRUCTIONS

Wandering, Guru Nanak and his disciple Mardana reached a village. The villagers there were very quarrelsome. Guru Nanak said, "You all should stay on here in your village." Then they came across another village. There, the people were calm and kind to one another. Guru Nanak said, "Let you all disperse from this village."

As Guru Nanak went ahead, Mardana asked, "Why did you ask quarrelsome people to stay put and the peace-loving ones to disperse?"

Guru Nanak smiled and replied, "Wherever these quarrelsome people will go, they will fight. That is why I asked them to stay in one place. The peace-loving people on the other hand, wherever they go, will spread peace."

He whose son obeys him, whose wife acts according to his wishes, and who is happy with his wealth—for him the earth is heaven.

70

भाषा और भाषा

बुद्ध अपनी देशना समाप्त कर गाँव से बाहर निकले ही थे कि एक व्यक्ति सामने से आया और उसने बुद्ध के मुँह पर थूक दिया। बुद्ध ने थूक पोंछते उस व्यक्ति से कहा–और कुछ कहना है? वह आदमी रुका नहीं, बगल से निकलकर आगे बढ़ गया।

आनन्द बुद्ध के साथ था। उसने पल भर चुप रहने के बाद बुद्ध से सवाल किया। आप भी अजीब हैं। उस आदमी ने कुछ पूछा कहाँ था उसने तो थूका था। बुद्ध बोले–भाषा भी कई तरह की होती है, दरअसल उस आदमी के मन में मेरे प्रति इतना गुस्सा था कि वह चाहता तो मुझे मार भी सकता था। उसने थूका तो मैं समझ गया कि उसके मन में इतना क्रोध है कि उसकी वाणी इसे संभाल नहीं पा रही। यह सुनकर आनन्द ने तत्काल बुद्ध को नमन किया।

जातक कथा

आपद्युन्मार्गमने कार्यकालत्ययेषु च।
अपृष्टोऽपि हितान्वेषी ब्रूयात्कल्याणभाषिताम्।।

कामन्दकीयनीतिसार, 5/28

आपत्ति काल में, कुमार्ग का आचरण करने पर, कार्य का काल व्यतीत हो जाने पर हितैषी व्यक्ति को बिना पूछे ही कल्याणकारी वचनों को कह देना चाहिये।

70

ON LANGUAGES

The Buddha finished his sermon and had just left the village when a man followed him and spat in his face. The Buddha, wiping his face, asked the man, "Do you have anything else to say?" The man did not stop but moved past the Buddha.

Ananda was with the Buddha when this happened. He was quiet for a while and then asked the Buddha, "Why did you say such a strange thing? The man didn't say anything. He only spit at you." The Buddha said, "Language is expressed many ways. The man had so much anger in his heart against me that he could've killed me. When he spat he conveyed that he didn't have words to express that hatred." Ananda immediately fell at the Buddha's feet.

A well-meaning person should use his words to bring peace in times of distress, after wrong action, or when someone is taking too long to act.

71

श्रीकृष्ण का लीला संवरण

एक बार दुर्वासा श्रीकृष्ण के महल में द्वारका पहुँचे। श्रीकृष्ण और रुक्मिणी ने दुर्वासा का खुले मन से आदर सत्कार किया। सायंकाल दुर्वासा ने श्रीकृष्ण के रथ पर चढ़कर कहा–घोड़ों की जगह तुम दोनों इस रथ को खींचो। श्रीकृष्ण और रुक्मिणी ने वैसा ही किया। प्रसन्न होकर दुर्वासा ने श्रीकृष्ण को पायस नाम का एक लेप दिया और कहा–तुम इसे अपने शरीर के जिस भाग में मल लोगे उस पर किसी अस्त्र–शस्त्र का प्रभाव न होगा। श्रीकृष्ण ने पायस अपने पूरे शरीर पर मल लिया। पैरों के तलुओं का श्रीकृष्ण को ध्यान ही न आया।

यादव कुल का नाश हो जाने के बाद वाली शाम को श्रीकृष्ण थके उदास एक वृक्ष के नीचे लेटे थे। अंधेरे में उनके तलुए का पदम् चमक रहा था, जिसे हिरन की आँख मानकर जरा व्याध ने अपना बाण चला दिया। इस तरह श्रीकृष्ण की जीवनलीला का भी अंत हो गया।

शिवपुराण

ये त्रिषप्ताः परियन्ति विश्वा रूपाणि विभ्रतः।
वाचस्पतिर्बला तेषां तन्वो अद्य दधातु मे।।

अथर्ववेद, 1/1/1

नाना रूपों को धारण करते हुए इक्कीस देवता सर्वत्र भ्रमण करते रहते हैं। वाणी का ईश्वर ब्रह्मा उनके शरीर का बल मुझे प्रदान करें।

71

KRISHNA'S FAREWELL

Once Durvasa reached Sri Krishna's palace in Dwarka. Shri Krishna and Rukmini both treated the guest with due respect. In the evening Durvasa sat in Shri Krishna's chariot and asked that, instead of the horse, Krishna and Rukmini should pull the chariot forward. They obeyed. Pleased, Durvasa gave Krishna a salve called Payas and said that whichever part of his body he would smear with Payas, weapons would have no effect there. Shri Krishna smeared his body with Payas but forgot to smear the soles of his feet.

After the destruction of the Yadavas one evening, a tired, disheartened Krishna was taking rest under a tree. In the darkness the soles of his feet shone like a blue lotus, and thinking Krishna's foot to be the eye of a deer, a huntsman pierced it with his arrow. Thus, death came to Shri Krishna.

The twenty-one gods roam around in various forms. Let the god of words, Brahma, give the strength of his body to me.

72
ओंकार

सत्यकाम ने पूछा—आजन्म ओंकार का चिन्तन करने वाला मनुष्य कौन सा लोक जीतता है? पिप्पलाद ने उसकी शंका का समाधान इस प्रकार दिया। मनुष्य ओंकार की एक मात्रा के ज्ञान से लोक को, दो मात्राओं के चिन्तन द्वारा अंतरिक्ष को तथा तीन मात्राओं के बोध से ब्रह्मलोक को प्राप्त करता है।

प्रश्नोपनिषद्

आपत्सु धीरान्पुरुषान्स्वयमायान्ति संपदः।

कथासरित्सागर, 14/3/27

आपत्तिकाल में धीर पुरुषों के पास सम्पदा स्वयं ही आ जाती है।

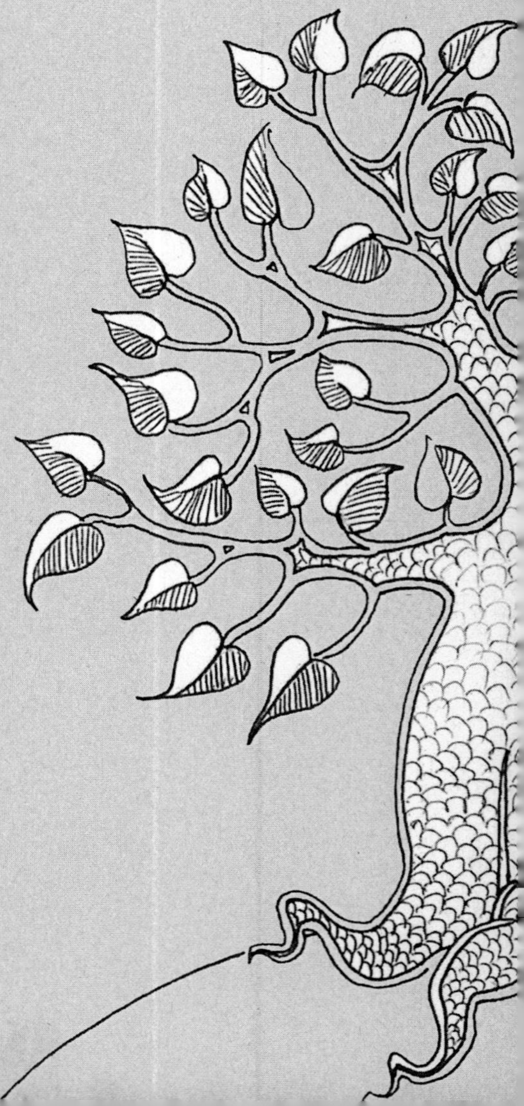

72
ONKAR

Satyakama asked: "If a man meditates on Onkar ("Om") all his life, which universe does he attain?"

The Sage Pippalada responded thus—"With the knowledge of one of the syllables of Onkar ("a"), man can attain this world; with the meditation of two syllables ("au"), he can attain outer space, and with the knowledge of all the three syllables ("a-u-m"), he attains Brahma's abode."

During times of great need, riches themselves come to resolute persons.

73
न्यास और संन्यास

एक बार, रॉकफेलर ने स्वामी विवेकानन्द से पूछा–मेरे पास जो अथाह संपत्ति है उसका मैं क्या करूँ? स्वामी जी ने कहा–तुम्हें चाहिए कि एक संस्थान की स्थापना कर उसे जनसेवा के कार्य में लगाओ, इसलिए कि पृथ्वी पर बहुत लोग हैं जो अभावग्रस्त हैं। कुछ समय बाद रॉकफेलर ने स्वामी जी को सूचित किया कि उसने रॉकफेलर फाउन्डेशन की स्थापना कर डाली है जो तरह–तरह से लोगों की मदद करेगा। स्वामी विवेकानन्द ने रॉकफेलर को आशीष देते हुए लिखा–''इट इज ए स्माल गुड बिगनिंग''। रॉकफेलर से प्रेरणा ग्रहण कर कई उद्योगपतियों ने जिनके पास अतिरिक्त धन संपत्ति थी अपने–अपने और परिवार के नाम संस्थानों और न्यास ट्रस्ट की स्थापना कर डाली।

परिव्राजक विवेकानन्द

कासां हि नापदां हेतुरतिलोभान्धबुद्धिता।

– कथासरित्सागर, 5/1/1–98

अत्यधिक लोभ से अन्धी बुद्धि किनके लिये आपत्ति का कारण नहीं होती?

73

THE PURPOSE OF WEALTH

Once Rockefeller said to Swami Vivekananda, "What should I do with my immeasurable property?" Swamiji replied, "You should spend it on public welfare by setting up an organisation because the world is full of poverty and other ills."

After some time Rockefeller informed Swamiji that he had founded Rockefeller Foundation to help people. Giving his blessings, Swami Vivekananda wrote, "It is a small good beginning." Rockefeller thus became an inspiration for other wealthy industrialists follow suit.

A mind clouded by an excess of greed becomes a cause of adversity.

74

नागसेन

राजा मिलिन्द ने बौद्ध संन्यासी नागसेन के पास दूत भेजे कि वह राजदरबार में आए। नागसेन ने दूतों से कहा कि जाओ और राजा से कह दो कि नागसेन नाम का कोई व्यक्ति है ही नहीं! दूत लौट गए। अब मिलिन्द ने रथ भेजकर नागसेन को जबरदस्ती उठवा मँगवाया। नागसेन का रथ जब आकर रुका तो मिलिन्द ने कहा–तुम तो कहते थे नागसेन है ही नहीं। अब नागसेन ने राजा मिलिन्द से कहा–रथ के घोड़े खोल दें! फिर नागसेन ने कहा–अब रथ के पहिए भी अलग कर दो। पहिए अलग कर दिए गये। नागसेन ने मिलिन्द से फिर कहा–अब रथ का छत्र भी अलग कर दो। छत्र अलग कर दिया गया। इसके बाद नागसेन ने पिछाड़ी, कील, चूल सभी को अलग–अलग खुलवा दिया और मिलिन्द से पूछा–क्या ये घोड़े रथ हैं? मिलिन्द ने कहा नहीं–नागसेन ने फिर पूछा क्या ये पहिए रथ हैं? मिलिन्द ने कहा–नहीं। नागसेन ने रथ के एक–एक हिस्से को उठाकर मिलिन्द से यही सवाल पूछा। हर बार उत्तर नहीं मिला। अंत में नागसेन ने राजा से कहा–जिस तरह तुम्हारा यह रथ 'नहीं' है उसी तरह नागसेन भी नहीं है।

मिलिन्द प्रश्न

शं नो मित्रः शं वरुणः शं नो भवत्वर्यमा।
शं न इन्द्रो बृहस्पतिः शं नो विष्णुरुरुक्रमः।।

ऋग्वेद, 78/7

मित्र हम सबके लिए कल्याणप्रद हो, वरुण हम सबका कल्याण करें, न्यायकारी अर्यमा हम सबका कल्याणकारक हो, इन्द्र और बृहस्पति हम सबके लिए कल्याणमय हों और विष्णु भी हमारा कल्याण करें।

74

THE KING AND THE SAINT

King Milind sent a messenger to Buddhist scholar and monk, Nagasen, asking him to appear in his court. Nagasen sent the messenger back replying, "Tell your king there is no such man." The messenger came back and said as he was told. Then Milind sent a chariot to forcefully fetch Nagasen. Milind said, "You said that there is no such person." Nagasen kept quite for a while and then told Milind, "Detach the horses." The horses were removed from the chariot. Then he said, "Now take away the wheels." The wheels were taken off. Then Nagasen said, "Now take off the umbrella off your chariot." The umbrella was detached. Then, Nagasen asked Milind to take off the nuts and bolts and asked Milind, "Are these horses the chariot?" Milind said "No." Then Nagasen asked if the wheels were the chariot. Milind said, "No." In this manner Nagasen picked up each and every part of the chariot and asked the same question. He got the same answer. Then he told Milind, "Just as none of these things is your chariot, in the same way Nagasen does not exist."

Let friends be benevolent, Varuna (lord of oceans) be beneficent, righteous Aryama (protector of mares) be beneficent, Indra (lord of heaven) and Vishnu (the Preserver) also be beneficent.

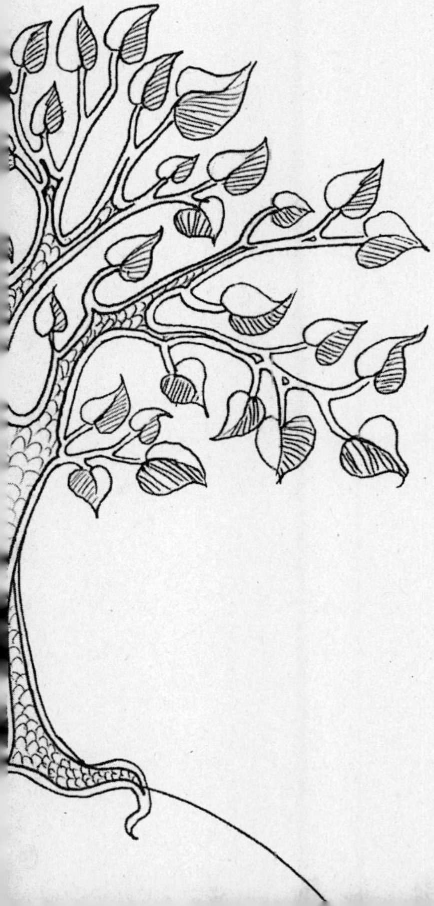

75
लोभ का उदय

भरतपुर राजस्थान से मथुरा की ओर आने वाली सड़क पर एक अधेड़ अपने सिर पर एक पेटी रखे हुए आ रहा था। पेटी पर कपड़ा बँधा था। इस व्यक्ति का घर जल गया था जिसमें उसके सभी अपने जलकर राख हो गए थे। शेष बचे थे तो यही चाँदी की सन्दूकची में बन्द थोड़े से गहने, इन्हें लेकर वह मथुरा आ रहा था, यह सोचकर कि गहने द्वारकाधीश के मंदिर में दान देकर वह अब वहीं एक वैरागी का जीवन बिताएगा। रास्ते में पीछे से एक ऊँट पर सवार कोई ग्रामीण निकला। उस व्यक्ति ने थके होने के कारण उससे ऊँट पर बैठा लेने की विनती की। ऊँट वाले ने मना कर दिया। कुछ दूर जाकर ऊँट वाले को स्पष्ट हुआ कि उसने मना करते समय, अधेड़ के सिर पर रखी जो पेटी देखी थी वह चाँदी की थी क्योंकि उसका एक भाग चमक रहा था। ऊँट वाला आगे जा चुका था, फिर भी लालच के कारण लौटा और बोला–आओ बैठ जाओ, अब उस व्यक्ति ने बैठने से इंकार कर दिया। ऊँट वाले ने कारण पूछा। अधेड़ व्यक्ति ने कहा–अब तुम वही आदमी नहीं हो जो पहले इंकार कर गया था।

व्रजवल्लरी

सुक्षेत्रिया सुगातुया वसूया च यजामहे।
अपनः शोशुचदधम्।

ऋग्वेद, 7/97/2

सुशोभन क्षेत्र के लिये, सन्मार्ग के लिये और ऐश्वर्य को प्राप्त करने के लिये हम आपका भजन करते हैं। हमारा पाप विनष्ट हो।

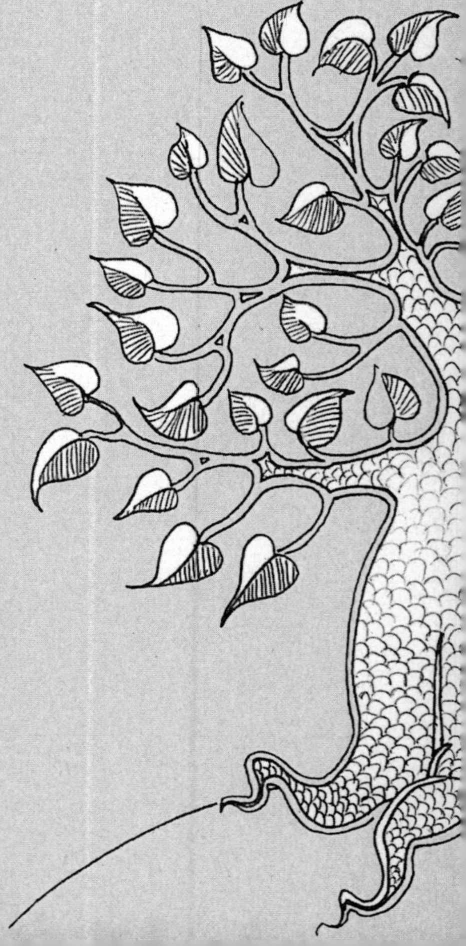

75

THE ORIGIN OF GREED

A middle-aged man was walking from Rajasthan to Mathura, carrying a silver box on his head. A few days earlier, his house had been burnt in a fire; his family had perished. The few ornaments in the box and his life were all he had managed to save. He was walking to Mathura to donate the ornaments to the Dwarkadheesh temple, hoping to spend the rest of his life as a mendicant. A villager on a camel passed him by. The tired traveller requested the villager to let him ride with him on his camel. The villager refused. A little later, he thought of silver box on the traveller's head. The villager returned and offered the man with the box a ride on his camel. But the man refused. "Why?" the villager asked. "You are no longer the same man who had refused me a ride," the man with the box replied.

For a place in heaven, for the right path and for obtaining wealth we worship you. Let our sins be destroyed.

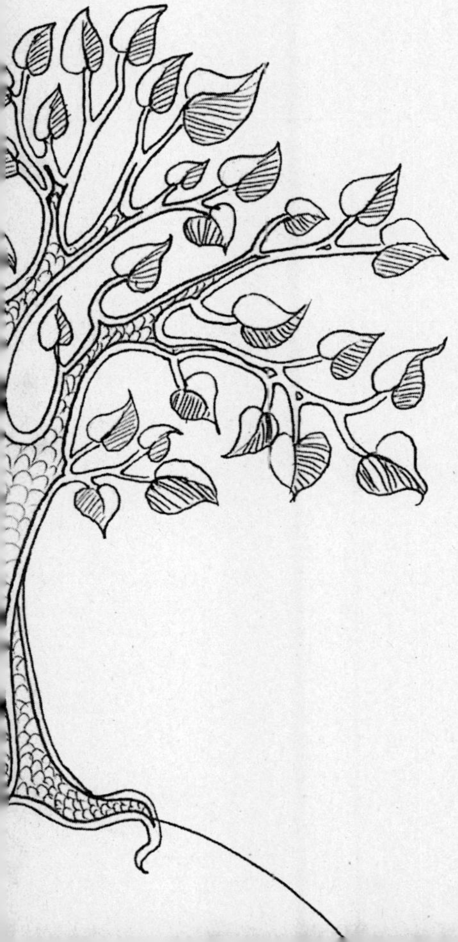

76
उलझो नहीं

बुद्ध ने अपने शिष्य से कहा, ''यदि किसी को विषबुझा तीर आकर लगे तो उपचार से पूर्व क्या वह यह पूछेगा कि तीर किसने चलाया, उसका कुल गोत्र क्या है, उसका धनुष कितना बड़ा था, आदि, आदि।''

''इसी तरह कोई कहे कि मैं तथागत का अनुसरण तब तक न करुंगा जब तक वे यह सिद्ध न कर दें कि आत्मा और ईश्वर की सत्ता है या नहीं। जब तक वे यह प्रमाणित न कर दें कि अनत्ता ही सर्वोपरि है तब तक मैं उन्हें सम्यक् संबुद्ध नहीं मानूंगा और न ही यह मानूंगा कि निर्वाण सभी की नियति है।''

ऐसी स्थिति में तुम उससे उलझना नहीं, इसलिए कि समझ में आना तब तक नहीं हो पाता जब तक समझ में नहीं आता।

आशा हि परमं दु:खं नैराश्यं परमं सुखम्।

(श्रीमद्भागवत्)

आशा परम दु:ख है। निराशा परम सुख है।

76

AVOIDANCE

Buddha asked his followers, "If someone is struck by a poisonous arrow, will he ask who shot it, what was his kula (clan), gotra (lineage), or how big his bow was?

"In the same way if someone says, 'I will not follow the Buddha until he proves that Atman (the eternal soul) and God are truly present; or that Anatman (no-Self) is above all things, I will neither regard him as a Sambuddha, the one with complete knowledge, nor will I accept Nirvana as everybody's destiny.'

"In such a situation, don't argue. It is not possible to understand something until you, in the first place have not understood it."

Hope is the worst pain. Despair is the greatest pleasure.

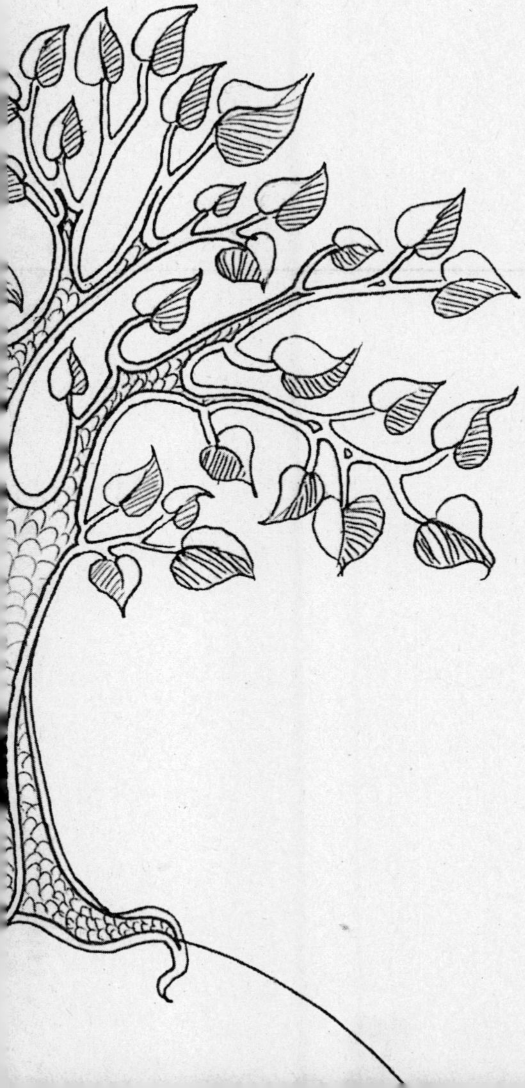

77
शिखर पुरुष

वैशाली के कुंडग्राम में जन्मे भगवान महावीर बचपन से ही गृहत्याग करने की बात किया करते थे। उनके भ्राता उन्हें सदा यह कह कर चुप करा देते कि अभी हमारे अभिभावक जीवित हैं, कम से कम उनका ख्याल करो। कालांतर में भगवान की माताश्री का शरीर शांत हो गया। परिवार के सदस्य श्मशान से लौट रहे थे। बीच राह पर ही भगवान ने अपने बड़े भाई से फिर वही शब्द कहे, ''मैं वन में जाना चाहता हूँ।'' भाई ने झिड़ककर उन्हें फिर चुप करा दिया। अब महावीर महल में इस तरह रहने लगे जैसे हवा। न किसी से कुछ कहना, न कोई उपेक्षा, न उत्साह, न किसी तरह की भागीदारी। वे महल में उपस्थित रहकर भी कहीं दूर खोए से लगते। इस तरह महल में रहते हुए जब काफी समय बीत गया तब अंततः सभी को लगने लगाा कि महावीर को रोकने से क्या लाभ जो होकर भी न हो उसका क्या हो ? निष्कर्षतः एक सुबह उन्हें आज्ञा मिल ही गई और इस तरह हमें चौबीसवां तीर्थकर मिला। शिखर पुरुष महावीर।

सम्यग्दर्शन ज्ञानचारित्राणि मोक्षमार्गः

तत्वार्थ सूत्र

सम्यग् दर्शन सम्यग् ज्ञान और सम्यग् चारित्र मोक्ष मार्ग है।

77

THE PATHFINDER

Bhagwan Mahavir, born in Vaishali's Kundagram, used to talk about leaving home since his childhood. His brothers would silence him saying that their guardians were still alive. Sometime later their mother expired. People were returning from the cremation grounds. On the way back, Mahavir said to his brother, "I want to go to the forest." His brother rebuked him. Mahavir began living in the palace as though he were not there. He neither spoke to anyone, nor ignored people; he showed no interest in anyone or anything; he stopped engaging in any kind of effort to secure his share of the kingdom. He was physically present in the palace, but inside, he felt as though he were somewhere far away. After a long time had passed thus, those around him began to think that perhaps it was better to let him go. One morning his family gave him permission to leave. This was how Mahavira became the 24th Tirthankaraka—one who forded the stream of life and death, one who crossed over, and on the far side, made a path which others too could follow.

Having a complete philosophy, complete knowledge, and a complete character is the path to Moksha.

78
अहं का विसर्जन

शून्यवादी नागार्जुन, जब चीन पहुँचा तो वहाँ के सम्राट ने उसका भव्य स्वागत करने के बाद नागार्जुन से कहा–"मैं अंहकार से बुरी तरह पीड़ित हूँ, कृपया कुछ करें।" नागार्जुन ने कहा, "आधी रात गए, अतिथिगृह में आ जाना और हाँ, अकेले नहीं आना। अहंकार को भी साथ लिए आना।" नियत समय पर सम्राट अतिथि गृह के द्वार पर खड़ा था। नागार्जुन बोला : "अकेले आए हो, अहंकार को साथ नहीं लाए ?" सम्राट ने कहा, "वह तो मेरे भीतर बैठा है।" नागार्जुन बोला, "ऐसा? तब उसे खोजो, भीतर किस कोने में छिपा बैठा है ?" सम्राट को लगा, यह आदमी तो पागल है, फिर भी वह चुप होकर बैठ गया। दो घड़ी बाद नागार्जुन ने पूछा "मिला," "कोशिश कर रहा हूँ।" सम्राट ने उत्तर दिया। प्रत्यूष वेला हो रही थी। एकाएक सम्राट जोर से हँसा, बोला : "अब मैं समझ गया, आपका शून्यवाद, 'मैंपन' की ठसक से छुटकारे का दूसरा नाम हैं।"

यथा मनसि संजातं वैतृष्ण्यं सर्ववस्तुषु
तदा सन्यासमिच्छेत पतितः स्याद्विपर्याय।

(परिव्राजकोपनिषद्)

जब मन में सभी वस्तुओं के प्रति वितृष्णा उत्पन्न हो जाए तभी संन्यास की इच्छा करनी चाहिए अन्यथा व्यक्ति पतित हो जाता है।

78

ON EGO

When the nihilistic philosopher Nagarjuna reached China, the emperor welcomed him and said, "I am very much troubled by my ego. Please do something to help me." Nagarjuna replied, "Come at midnight to the guest room, and don't come alone. Bring your ego also." At the fixed time, the emperor came to the guest room. Nagarjuna said, "Have you brought your ego along?" The emperor said, "It is within me." Nagarjuna said, "Then search for the corner where he is sitting." The emperor felt this was a silly request, but sat down quietly and tried to do what he was told. It was almost morning when the laughing the emperor finally said, "Now I've got it. Nihilism is the way to get rid of one's ego."

The quest for renunciation begins after the mind has become disenchanted with all things. If desire remains, the seeker will falter on his path.

79
विदेहराज

विदेहराज जनक ने याज्ञवल्क्य से प्रश्न किया : ''मनुष्य को प्रकाश कहाँ से मिलता है ?''

याज्ञवल्क्य : ''मनुष्य को प्रकाश सूर्य से मिलता है।''

जनक : ''और जब सूर्य अस्त हो जाता है तब ?''

याज्ञवल्क्य : ''चंद्रमा की चांदनी से महाराज !''

जनक : ''कृष्णपक्ष में तो यह प्रकाश भी खंडित हो जाता है।''

याज्ञवल्क्य : ''तब प्राणी को प्रकाश वाणी से मिलता है।''

जनक : ''किंतु एक स्थिति ऐसी भी होती है जब सभी कुछ स्तब्ध होता है, तब ?''

याज्ञवल्क्य : ''ऐसी स्थिति में विदेहराज ! एकमात्र आत्मतत्व ही वह आभा है जिसके बल पर प्राणी उठता है, विचरता और अन्य सभी कार्य संपन्न करता है।''

आत्मान्मात्यमना सत्योजितः स्वर्गो न संशयः

– *(महाभारत)*

जो आत्मविजेता है वास्तव में वह स्वर्ग–विजेता है।

79

FINDING THE SELF

Janaka, the King of Videha, asked Yajnavalkya, the Vedic philosopher and sage, "Where does man get light from?"

Yajnavalkya said, "Man gets light from the sun."

Janaka said, "And when the sun sets?"

Yajnavalkya said, "From the moonlight."

Janaka said, "In the Krishnapaksha, the dark fortnight from the full moon to new moon, even the moonlight gets dim. "

Yajnavalkya said, "Then, man gets light from words."

Janaka said, "But there are times when everything becomes quiet. Then?"

Yajnavalkya said, "Then Videharaj! Self-realisation is the only light which enables a man to arise, think, and get through the day."

He who conquers the self, conquers the heavens.

80
पगला बाबा

श्रीजी को समर्पित, पगला बाबा, शाम को, शिष्यों सहित टहलने निकले। सामने आकाश पर शुक्र उदित हो चुका था।

पगला बाबा ने एक शिष्य से प्रश्न किया क्या तुम्हें सबसे लंबी दूरी का अंदाज है?

शिष्य ने उत्तर दियाः ''शायद, सूर्य हम सबसे दूर, बहुत दूर है ?'' पगला बाबा ने दूसरे शिष्य से वही सवाल किया।

''शायद आकाशगंगा की अंतिम परिधि रेखा हम सबसे काफी दूर है।'' दूसरा शिष्य बोला।

बाबा ने यही सवाल तीसरे शिष्य से किया। वह बोला, ''नींद और जागृति के बीच की दूरी सबसे बड़ी दूरी है।''

बाबा ने सभी को समझाते हुए कहाः ''सबसे बड़ी दूरी मस्तिष्क और ह्रदय के बीच की दूरी है। यह फासला पार करने में उम्र बीत जाती है।''

जिस दिन आदमी ह्रदय के तल पर जीने लगता है, समर्पण की भाषा बोलने लगता है। सब ताले अपने आप खुल जाते हैं और कानों में बजने लग जाती है बांसुरी।

बंधवो हि श्मशानांता गृह एवार्जितं धनम्।
भस्मे गात्रमेकं त्वां धर्म एव न मुंचति।।

(क्षेत्र चूडामणि)

बंधु शमशान तक, अर्जित धन घर तक और शरीर राख होने तक साथ रहता है। केवल धर्म ही साथ नहीं छोड़ता।

80

THE MAD SAINT

Pagla Baba, dedicated to Sriji, went for a walk in the evening. In the sky, Venus was already visible. Pagla Baba asked a follower, "Do you have any idea what is farthest from us?" The follower replied, "Perhaps the sun is the farthest from us."

Pagla Baba asked another follower. "Perhaps the end of the Milky Way is the farthest from us," he replied.

Pagla Baba asked the same question to the third follower. He replied, "The distance between sleep and awakening is the greatest."

Pagla Babaji said, "The greatest distance is that between the mind and the heart. Our entire life is spent bridging the two. The day man learns to control his emotions and submit himself, all locks open on their own and the flute starts sounding in his ear."

Friends leave us at the cremation ground.
Wealth leaves us when we purchase a house.
The body leaves us when the corpse is burnt.
It is only faith that never leaves us.

81
कवि और खद्योत

कोरिया में आयोजित विश्व काव्य समारोह जब समाप्त हुआ तो हर कवि को यही लग रहा था कि उसकी कविता संभवतः सर्वश्रेष्ठ थी। रात्रि वाले सहभोज में, साथ बैठी दुभाषिनी ने एक आख्यायिका दोहराई जिसका सार इस प्रकार था। वहीं के जोंग नगर की सीमा पर एक ज़ेन साधक रहता था। रात का समय था। एकाएक वर्षा होने लगी। भीगने से बचने की प्रक्रिया में एक जुगनू भीतर आकर जैसे ही साधक की चटाई पर बैठा कि नगर में बत्ती चली जाने के कारण अंधकार छा गया। जुगनू ने साधक से कहा, ''देखा ? अगर मैं कहीं उड़कर दूर चला जाऊँ तो शहर का क्या हाल होगा ? सब तरफ अंधेरा ही अंधेरा।'' साधक ने पहले उपेक्षा की। बौद्धों की भाषा में इसे उपेक्षा कहते हैं। जुगनू ने फिर दोहराया, ''देखते नहीं, कितना अंधेरा हो गया है ?'' साधक ने कहाः ''बात तो तुम ठीक ही कह रहे हो, तुम्हारे बिना तो सचमुच दिक्काल बाधित इस लोक का लोप ही हो जाएगा।'' जुगनू बोलाः ''तुम आदमी तो समझदार मालूम पड़ते हो, क्यों न चर्चा को आगे बढ़ाया जाए?''

सारी रात दोनों के बीच विचार–विमर्श चलता रहा, उधर नगर में भी अंधकार छाया रहा। सुबह होते–होते वह जुगनू भी बौद्ध हो गया।

कः कस्य पुरुषो बंधुः किमाप्यं कस्य केनचित्।
यदेको जायते जन्तुः एक एवं विनश्यति।।

(वाल्मीकि रामायण)

संसार में कौन पुरुष किसका बंधु है और किसको किससे क्या प्राप्त होता है? जीव अकेला ही जन्म लेता है और अकेला ही नष्ट हो जाता है।

81

A CONVERSION

When the International Poetry Festival in Korea ended, every poet was sure that his poem was the best. During the dinner, the interpreter narrated a parable that ran somewhat like this:

On the border of a Korean city called Jong there used to live a Jain monk. One night, it started raining. To avoid getting wet, a glow-worm came and sat on the monk's mat. The lights went out. There was darkness all around. The glow-worm said to the monk, "See? If I go away what happens to the city? Darkness all around." At first, the monk ignored his arrogance. Then the glow–worm said, "Have you not seen how dark it is?" The monk said, "You are right, without you this world will be doomed." The glow-worm said, "You seem to be an intelligent person. Let us discuss further." Both spent the whole night talking, discussing, and arguing while the city was deep in darkness. By morning, the glow-worm had become a Jain.

In this world who is a true friend and who gains anything from anybody? All creatures are born alone and meet death alone.

82
शंकर का मायावाद

आदिशंकर ने जिस ब्रह्मसूत्र का भाष्य लिखा है उसके रचयिता पाराशर पुत्र व्यास थे। शंकराचार्य के समय में बौद्धों का प्रभाव उत्तर से लेकर दक्षिण तक फैला था। इसी प्रभाव का उच्छेदन करने के लिए शंकर ने अद्वैत का सिद्धान्त प्रस्तुत किया। दिग्विजय के लिए शंकर जब उत्तर भारत आए तो नागपुर के निकट किसी छोटी रियासत के राजा ने उन्हें प्रवचन के लिए आमंत्रित किया। शंकर ने कहा, ''यह जो दृश्य जगत है, यह सारा का सारा माया है।'' माया की व्याख्या शंकर ने तरह–तरह से की। राजा ने उन्हें भली प्रकार भोजन देकर उन्हें अपने दरबार से विदा किया। शंकर जैसे ही परिसर से कुछ दूर आगे गए कि इस बीच राजा ने उनके पीछे एक पागल हाथी छोड़ दिया। शंकर प्राण बचाने के लिए अपने खड़ाऊं हाथ में लिए जोर से भागे। जैसे ही शंकर ने भागना शुरू किया वैसे ही राजा ने अपने सैनिकों द्वारा उन्हें पकड़ बुलवाया और पूछा, ''जब यह सारा संसार ही माया है तो आप भागे क्यों?'' शंकर ने उत्तर दिया, ''मैंने तुझे जो उपदेश दिया वह भी माया था। तूने जो हाथी छुड़वाया वह भी माया का ही हिस्सा था और मैं जो भागा वह भी माया की ही करामात है।''

दारिद्यं खलु पुरुषस्य जीवितंमरणम्।

(चाणक्यसूत्राणि)

दरिद्रता जीवित मनुष्य को भी मृतवत् बना देती है।

82

SHANKARA'S NON-DUALISM

The Brahmasutra, whose explanation and commentaries Adi Shankara composed, was written by Sage Parashara's son Vyasa, the forefather of the Kauravas and Pandavas. During the time of Shankaracharya, Buddhism had spread from the north to the south. Shankara's theory of Advaita (non-dualism)was a suitable counter to this. When Shankara came to north India for his spiritual conquest, the king of a small principality near Nagpur invited him to give spiritual discourses. Shankara said, "What you can see is just Maya." He explained Maya in various ways. After feeding him sumptuously the king bade Shankara farewell. After Shankara had gone some distance the king released a mad elephant. Shankara ran with his slippers in his hand. The moment he started running the king caught him and asked, "If the entire world is Maya why did you run?" Shankara replied, "The lecture I gave was Maya. That you released the elephant after me was Maya and that I ran is also Maya's doing."

Poverty makes even a living person seem dead.

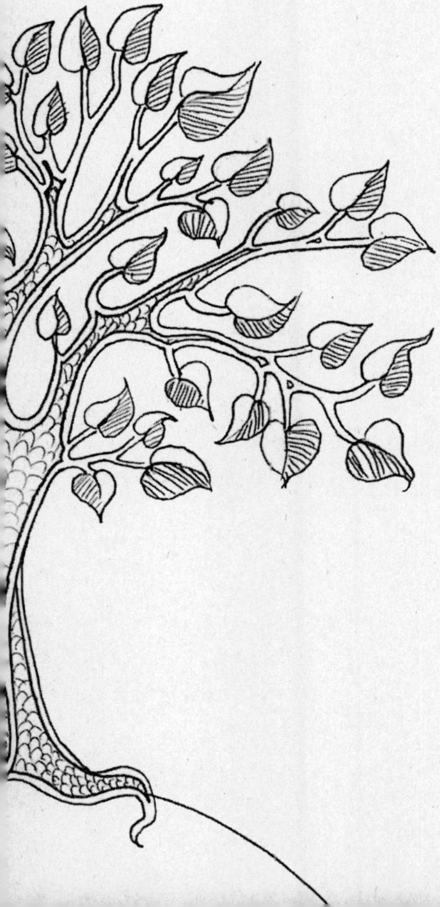

83
सीपी और मोती

एक सीपी धूप खाने की गरज से समुद्र में खोई चट्टान से निकल कर ऊपर आई। ऊपर आते ही, उसने अपने दोनों पासे खोले। भीतर कहीं मोती था जो नीचे की जलबेल के पत्ते पर जा टिका। सीपी खुश थी यह सोचकर कि भार हल्का हुआ। उसे आदमी के स्वभाव का भी पता था कि वह मोती पाने के चक्कर में सीपियों को मार डालता है। धूप पीकर सीपी फिर उसी डूबी चट्टान पर लौट गई।

कुछ समय बाद एक मरजीवा वहाँ आया। उसने जल बेल हटाकर उस सीपी को पकड़ लिया और जलबेल के पत्ते पर ठहरा। वह मोती, लुढ़क कर किन्हीं गहराइयों में खो गया। उस मोती को अभी भी इंतजार है कि कोई मरजीवा उसे पाने कभी न कभी तो आएगा।

न स्वल्पस्य कृते भूरि नाशयेन्मतिमान्नरः
एतदेवात्र पाण्डित्यं यत्सवल्पाद्भूरिरक्षणम्।।

(पंचतंत्र)

बुद्धिमान पुरुष को चाहिए कि थोड़े के लिए अधिक का नाश न करे। इसी में पांडित्य है।

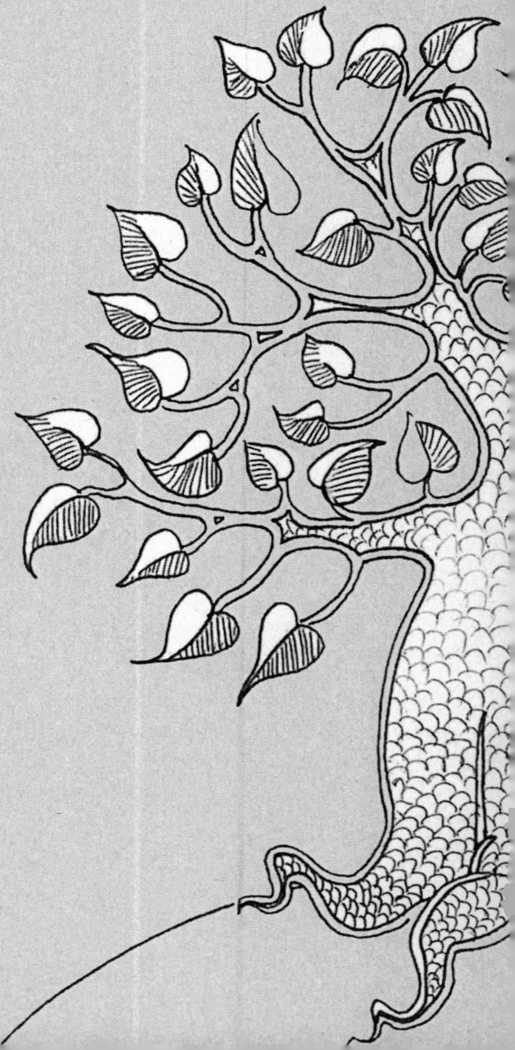

83

THE SHELL AND THE PEARL

A shell emerged from her home to get closer to the sun. As she moved, her shell opened up and the pearl within her fell. It stuck on the leaf of a water plant below. The shell was feeling happier and lighter, without the pearl. She knew about human nature also, and wondered at the fact that humans kill shells for pearl. The shell, after sunning herself, went back to her home in the sea.

After some time a pearl-diver came there. It removed the water plant and tried to catch the pearl that was on the leaf. The pearl tumbled and fell somewhere, deep into the ocean. Even today, the pearl awaits the day when a pearl-diver will come to get it.

The intelligent person should take care that much is not wasted for little. There lies his intelligence.

84
एल्बर्ट स्वाइत्जर

डॉ. एल्बर्ट स्वाइत्जर न केवल एक अच्छे चिकित्सक थे, एक अच्छे संगीतज्ञ और गरीबों की सेवा में रत एक अच्छे ईसाई भी थे। सन् 1952 में उन्हें ''नोबेल पुरस्कार'' भी मिला। वे पूरी जिंदगी अफ्रीका के दीन–दुखियों के उपचार में लीन रहे। वे राष्ट्रपिता महात्मा गांधी के अहिंसा के सिद्धान्त से भी प्रभावित थे। यह भी विवरण मिलता है कि उनका गांधीजी से निकट का संपर्क पत्राचार के माध्यम से अंत तक बना रहा। ''द कॉस्मिक गेम के लेखक स्टान्स्लिाव ने अपनी पुस्तक में लिखा है कि एक बार अफ्रीका के जंगल में बने अपने अस्पताल में, एक रोगी के शरीर में फैलते घाव को सुखाने के लिए डॉ. स्वाइत्जर जब इंजेक्शन लगाने ही जा रहे थे कि उन्हें महात्मा गांधी का यह वाक्य ''जीव हत्या पाप है'' एकाएक याद आ गया। घाव में पनपते कीड़ों को मारने का कोई उपाय न था। एक जीव को बचाने के लिए करोड़ों की हत्या अनिवार्य थी। द्विधाग्रस्त स्वाइत्जर उस शाम अंततः इंजेक्शन नहीं ही लगा पाए।

मनस्वी कार्यार्थी न गणयति दुःखंनचसुखम्।

– *(नीतिशतक)*

कार्य करने वाले मनस्वी सुख–दुःख की गणना नहीं करते।

84

ALBERT SCHWEITZER

Dr. Albert Schweitzer was not only a good physician but also skilled in music and a noble Christian who served the poor. In 1952 he got the Nobel Prize. He remained devoted to the service of wretched and distressed people of South Africa for his whole life. He was also influenced by the principle of non-violence of Mahatma Gandhi. He continued corresponding with Gandhi till the end. Stanislav Grof, wrote in his book The Cosmic Game that once in his hospital built in the jungles of Africa, Dr. Schweitzer was about to give an injection to a patient to heal his spreading sour, when suddenly Mahatma Gandhi's words, "Taking life is a sin" came to his mind. There was no remedy but to kill the growing germs. To save one life it was necessary to end many. Dr. Schweitzer torn by his dilemma could not give the injection that evening.

Self-willed persons do not count happiness and sorrow for doing their work.

85

क़ाजी और कोट

बुल्गारिया की लोककथाओं में एक पात्र हुआ है–चतुर पीटर। एक रात उसने देखा उसके घर के आगे एक कोट गिरा पड़ा है और थोड़ी ही दूर आगे गाँव का काजी नशे में धुत नाली के पास गिरा पड़ा है। पीटर ने वह कोट उठा लिया। सुबह अदालत में बैठकर, काजी ने कहा मेरा कोट चोरी हो गया है, गाँव में जाकर पता करो। चपरासी कोट को पहचानता तो था ही। जल्दी ही चाय की दुकान पर उसे पीटर वही कोट पहने मिल गया। चपरासी पीटर को पकड़कर अदालत में ले आया। काजी ने पूछा, ''पीटर, यह कोट तुम कब से पहन रहे हो?''

भरी अदालत में पीटर ने कहा, ''कल रात से।'' ''क्या तू जानता है यह कोट किसका है?'' काजी ने फिर से प्रश्न किया। पीटर ने शैतानी के साथ भोला मुंह बनाकर जवाब दिया, ''कल रात मेरे घर के सामने एक शराबी गंदे सूअर की तरह, कीचड़ में औंधा पड़ा था, मैंने कोट उठाकर पहन लिया। वह शराबी अभी भी मिल जाए तो मैं उसे यह कोट दे दूँगा।'' कहकर पीटर ने कोट उतारने की चेष्टा की। खुदा के नाम पर निर्णायक नियुक्त हुए उस काजी ने हड़बड़ा कर कहा, ''नहीं, नहीं–पीटर! जा इसे पहन। कौन जाने वह पियक्कड़ कौन था?''

दण्ड एवं वरोलोके पुरुषस्येति मे मतिः

– *(मनुस्मृति)*

लोक में दण्ड श्रेष्ठ है।

85

THE MAGISTRATE AND THE COAT

Stories of clever Peter abound in the folktales of Bulgaria. One night Peter saw that a coat was lying in front of his house and a little ahead, he saw the magistrate of the village lying drunk near the drain. Peter picked up the coat. The next morning, in the court, the magistrate said that his coat has been stolen. He ordered his peon to go to the village and inquire. The peon knew the coat. He saw Peter wearing the coat. The peon arrested Peter and brought him to the court. The magistrate said, "Peter since when have you been wearing this coat?" Peter replied, "Since last night." So you know whose coat it is?" The magistrate asked. Bearing an innocent look Peter replied, "Last night a drunkard lay like a dirty pig in front of my house in the mud, so I picked up his coat and wore it. If I get to meet that drunkard even now, I shall return this coat to him." Peter tried to take off the coat. The magistrate, appointed as judge in the name of God, said hurriedly, "No, No, Peter! Wear it. Who knows who the drunkard was!"

Punishment is great in the world.

86

अद्वैतवादी शंकर

केरल के कालड़ी गाँव में 788 ई. में जन्मे शंकराचार्य ने भारतीय चिंतन के इतिहास में, इतनी गहरी छाप छोड़ी है कि जाने–अनजाने विज्ञान भी आज उन्हीं की भाषा बोलने लगा है। शंकर की माँ चाहती थीं कि शंकर जल्दी से विवाह कर लें जबकि शंकर थे जो बार–बार यही कहते कि मुझे संन्यासी बनना है। शंकर जब आठ–नौ वर्ष के रहे होंगे कि एक दिन माँ के साथ समुद्र में स्नान करने गए। माँ हमेशा शंकर के साथ छाया की तरह रहती थी। तट पर बैठी माँ ने देखा कि एक मगरमच्छ शंकर की ओर आ रहा है। माँ ने चिल्लाकर कहा, ''शंकर! जल्दी से तैरकर तट पर आ जा। एक मगरमच्छ तेरी ओर तेजी से बढ़ रहा है।''

शंकर ने कहा, ''माँ! यदि तू यह वायदा करे कि विवाह करने के लिए विवश न करेगी तब तो मैं लौटूँ वरना विवाह और उसकी माया द्वारा निगले जाने से तो अच्छा है कि यह मगरमच्छ (मक्र) मुझे निगल जाये।'' माँ इतना घबरा गई कि उसे वचन दे दिया कि अब से विवाह की बात खत्म। दोनों तैरकर तुरंत बाहर आ गए और घर छोड़ दिया।

पुनर्घटन्ते न च घटिताः स्थिरसंगतं श्रयन्ते

– *(अमृतोदयम्)*

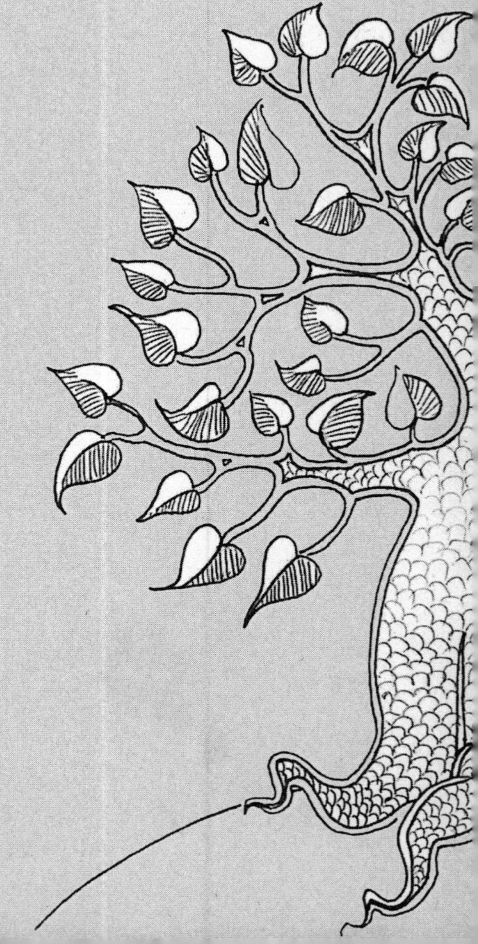

86

SAGE SHANKARA

Born in Kalari Village of Kerala in AD 788, Shankaracharya has left such a deep impression on the history of Indian thought and religion that knowingly or unknowingly today, even science is speaking his language.

Shankara's mother wanted that he should marry soon whereas Shankara insisted that he wanted to be an ascetic. One day, when Shankara may have been eight or nine years old, he went for a bath in the sea. His mother followed Shankara like a shadow. From the shore his mother saw a crocodile coming towards Shankara. She shouted, "Shankara! Return to the shore immediately. A crocodile is coming towards you!" Shankara said, "Mother! If you promise that you will not compel me to marry, I will return. Otherwise, it is better that the crocodile devours me than getting devoured by marriage and its illusions." She promised that she would not ever talk about his marriage. Shankara came to the shore and left home in search of the Truth.

87

अमरता और सिकंदर

'रिफ्लेक्शंस' के लेखक इदरिसशाह के अनुसार, सिकंदर सही अर्थों में "अमृतजल" की खोज में भारत आया था। उसके आक्रमण का निहितार्थ वह गुफा थी, जिसके भीतर कहीं अमृतकुंड है। खोजते–खोजते सिकंदर ने वह गुफा खोज ली। वह अकेला ही आगे बढ़ा। अंधेरे में जल के हिलने का स्वर सुनकर वह खुशी से चीख पड़ा। उसने अपनी अंजलि में जल भरकर जैसे ही उसे पीना चाहा कि पास से आवाज आई–"ठहरो!" सिकंदर रुक गया। खोह में एक बूढ़ा कौआ बैठा था। उसने कहा–"अनगिनत वर्षों पहले मैंने भी यह गलती कर डाली थी। तब से अब तक मेरी चोंच घिस चुकी है, आँखें टेढ़ी हो गई हैं, पंख झर चुके हैं। मैं मर जाना चाहता हूँ, मगर इस जल के प्रभाव से मैं न मर पाने के लिए अभिशप्त हूँ। तुम यह न करो। अमरता महाअभिशाप है।" सिकंदर समझदार था, वह उल्टे पाँव गुफा से बाहर चला गया।

यदा सर्वे अभिद्यन्ते हृदयस्येह मन्थयः
अथ मृर्त्योऽमृतो भवत्येतावत्तुशासनम्।।

(कठोपनिषद्)

जब समस्त मनोग्रंथियाँ खुल जाती हैं, तब मर्त्य भी अमृत हो जाता है, यही विधान है।

87

ALEXANDER AND IMMORTALITY

According to Idries Shah, the author of Reflections, a collection of different types of stories and statements, Alexander came to India, in search of Amrit-Jal, the water of life, or the nectar of immortality. His interest behind the invasion was a cave believed to contain a pool of nectar. After an intense search Alexander found the cave. He moved ahead alone. Hearing the sound of water he screamed with delight. Just when he was about to drink a double handful of that water, he heard a voice, "Stop!" Alexander stopped. An old crow was sitting in the cave. It said, "Countless years ago I also made this mistake. Since then my back has rubbed off, my eyes have become twisted and my wings have fallen down. I want to die but due to the effect of this water I have been cursed with immortality. Do not do this. Immortality is a big curse." Alexander was wise. He ran out of the cave quickly.

Where all the complexes of mind are resolved
even the fatal becomes nectar. This is the law.

88

बुद्ध और दादी

श्रावस्ती में बुद्ध, अपनी देशना का अंतिम वाक्य पूरा ही कर पाए थे कि वर्षा होने लगी। पास बने, विशाखा भवन में, बुद्ध घुस ही रहे थे, कि एक अधभीगी स्त्री, रोती हुई आई। बुद्ध ने प्रश्नातुर मुद्रा में स्त्री की ओर देखा। स्त्री बोलीः ''कल रात मेरी इकलौती पोती मर गई!'' बुद्ध ने संयत स्वर में कहाः ''श्रावस्ती में जितनी पोतियाँ हैं उनमें से तुम कितनी पोतियों को गोद लेना चाहोगी?''

स्त्री अवाक्!

बुद्ध ने फिर पूछाः ''श्रावस्ती में हर दिन कितने लोग मरते होंगे?''

स्त्री बोलीः ''कभी पाँच, कभी दस, कभी एक भी नहीं।''

बुद्ध बोलेः ''तुमने मरने वालों के विषय में तो बड़े निर्विकार भाव से संख्या गिना दी। मगर पोतियाँ गोद लेने संबंधी प्रस्ताव पर एकदम चुप्पी साध ली। ''क्यों,'' वह स्त्री तत्काल बुद्ध के चरणों में गिर पड़ी। उसे बोध हो चुका था।

अहो नु खलु विपन्नातामावस्था मेधाविनी।

(आश्चर्य चूड़ामणि)

विपत्तिग्रस्त लोगों की बुद्धि बहुत तेज होती है।

88

THE BUDDHA AND THE GRANDMOTHER

Hardly had Buddha completed the last sentence of his sermon at Shravasti, one of the six largest cities of India during that time, that it started raining. When Buddha was entering Vishaka Bhawan, built nearby, a half-wet woman arrived. She was weeping. Buddha looked at the woman in a mood of questioning. The woman said, "Last night my only grand-daughter passed away." Buddha said in a restrained voice, "Of all the grand-daughters of Shravasti, how many would you like to adopt?" The woman was taken aback! Buddha asked again, "How many people die at Shravasti every day?" The woman said, "Sometimes five, sometimes ten, sometimes none." Buddha said, "You gave the number of dying persons, counting, very dispassionately, but maintained quiet silence about adoption. Why?" Immediately that woman fell down to the feet of Buddha. Wisdom had dawned upon her.

The wisdom of people in distress is very sharp.

89

न बुद्ध साधना

एक बार जापान के एक भीड़ भरे जनपद की सड़क पर बौद्ध भिक्षु रिंजई रोकू रुक–रुक कर खाली हाथ इस तरह घूमता जैसे तलवार घुमाकर किसी को मार डालना चाह रहा हो। आस–पास आते जाते लोगों ने एक दो बार उसकी इस युसुत्सा पर कोई ध्यान नहीं दिया। तीसरी बार जब रिंजई ने फिर हरकत की तो एक व्यक्ति ने पूछ ही लिया:

'महाशय यह आप क्या कर रहे हैं?'

रिंजई ने हांफते हुए उत्तर दिया: 'लड़ाई कर रहा हूँ।'

प्रश्नकर्ता ने थोड़ा हैरान होकर पूछा: 'मगर किससे?'

जिसके बारे में मेरे गुरु हुआन पो ने आगाह किया था।

रिंजई ने उत्तर दिया। प्रश्नकर्ता ने दोबारा सवाल किया: 'क्या कहा था गुरु ने?'

रिंजई बोला: 'यही कि ध्यान के मार्ग पर अगर बुद्ध भी आड़े आयें तो तलवार से उनके टुकड़े कर डालना।'

पूछने वाला वाला और भी हैरत में पड़ा: 'मगर आपके हाथ में तलवार तो है नहीं, चला क्या रहे हैं?'

'बुद्ध भी कहाँ सचमुच के हैं।' यह कहकर रिंजई फिर से तलवार चलाने लगा।

परायतः प्रीतेः कथमिव रसं वेत्ति पुरुषः।

मुद्राराक्षस

पराधीन व्यक्ति प्रीति के आनन्द को कैसे जान सकता है?

89

FIGHTING SHADOWS

Once on a crowded street in Japan, Buddhist monk Rinzai Roku was moving his empty hands in a manner as if he was trying to kill somebody with a sword. At first passers-by ignored his Jujutsu (a Japanese martial art). But when Rinzai did it for the third time a person asked, "Sir, what exactly are you doing?"

Panting, Rinzai replied, "I am fighting."

The questioner, slightly intrigued asked, "Who are you fighting, sir?"

"With the one about whom Huan Po, my teacher, had forewarned," Rinzai replied.

The questioner asked again, "What did the teacher say?"

Rinzai replied, "He said that if in the path of concentration, even if the Buddha comes, cut him down."

The amazed questioner further asked, "But there is no sword in your hands?"

"Even the Buddha is not real."

And Rinzai continued brandishing his imaginary sword.

How can a slave know the happiness of love?

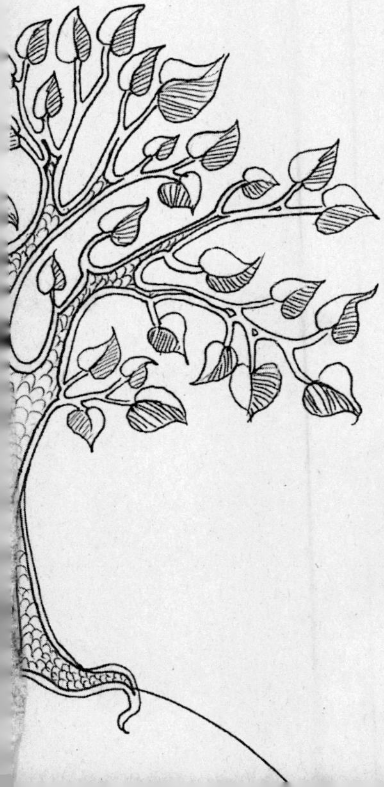

90
धुआँ और बाँसुरी

हताश और हारे, उद्धव जब श्रीकृष्ण को गोपियों से हुए संवाद का विवरण दे रहे थे तो उन्होंने देखा कि श्रीकृष्ण की बाँसुरी से धुआँ उठ रहा है। विस्मित उद्धव ने पूछा, 'यह मैं क्या देख रहा हूँ।' श्रीकृष्ण ने हँसकर टालने की कोशिश की। उद्धव बोले, 'मैं आपके सबसे निकट हूँ। मुझे हक है कि जानूँ।' श्रीकृष्ण ने कहा, 'उद्धव, यही तो विडम्बना है कि जो सबसे निकट होता है, वह सबसे कम जानता है। अपने ज्ञान को ही लो, तुम्हारा ही था और अन्ततः तुम्हें ही धोखा दे गया।

'वह तो ठीक, मगर मैं माया से ग्रस्त तो नहीं हुआ।' उद्धव ने उत्तर दिया। 'तुम्हारा यह दावा भी क्या पता माया का ही हिस्सा हो?' श्रीकृष्ण बोले। अब उद्धव थोड़ा चौंके। पूछा, 'वह कैसे?'

श्रीकृष्ण ने कहा, 'माया भी तीन तरह की होती है। स्वस्म्मोहित स्वजनसम्मोहित और विमुखजनमोहित।' उद्धव को एकाएक लगा, तीनों में से कम से कम एक लक्षण तो उन पर जरूर लागू हो रहा है। घबराकर उन्होंने फिर से पूछा, 'मगर उपाय क्या है माया को समझने का?' श्रीकृष्ण ने कहा, 'माया की जड़ स्वयं यह काया है और यह कि वह कभी न थकने वाली नर्तकी है।'

और इससे बचने की युक्ति? उद्धव ने दूनी व्यग्रता से सवाल किया, 'क्या है जनार्दन, कहो न? क्या है बचने की युक्ति इस माया से?' उठकर चलते हुए श्रीकृष्ण बोले, 'उद्धव, तुम परम विद्वान हो। स्वयं सोच लेना। नर्तकी से ठीक उल्टा शब्द क्या होता है?'

न वदन्जातु नानृतं वदेत्तावत्सत्यमेवोपचारः।

शतपथ ब्राह्मण

मनुष्य चाहे बिल्कुल कुछ न बोले परन्तु असत्य न कहे,
अतः सत्य ही उपचार है।

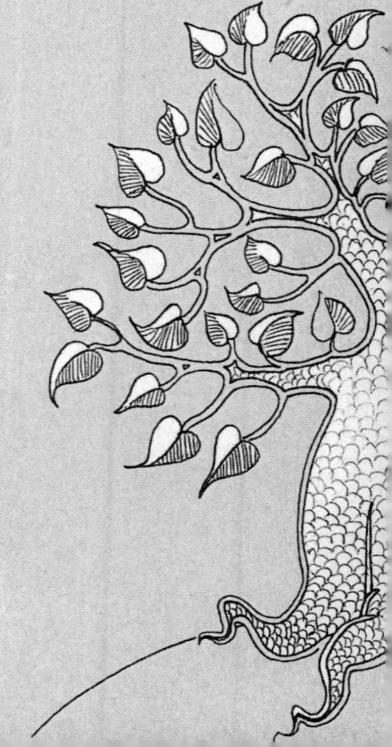

90

THE FLUTE

Defeated and disheartened, Uddhav, was giving a detailed report of his meeting with gopis to Shri Krishna, when he saw smoke emanating from his flute. Surprised Uddhav asked, "What is this?" Shri Krishna tried to avoid the issue smilingly. Uddhav said, "I am closest to you. It is my right to know." Shri Krishna replied, "Uddhav, this is the irony. Those who are the closest know the least. Take for instance, your own knowledge. It was your only and at the end deceived you only."

Uddhav said, "That is fine. But I was not crushed by Maya."

Shri Krishna said, "Uddhav, may be even this claim of yours is a part of Maya."

Now, Uddhav became a little antxious. He said, "How?"

Shri Krishna said, "Maya is also of three kinds—self-delusion, delusion by relations, delusion by enemies." Uddhav immediately felt that of the three at least one was working on him. Scared he said, "But what is way to understand Maya. Shri Krishna replied, "The root cause of Maya is this physical body and that she is alike an untiring dancer" and how can we save ourselves from her?" Asked anxious, Uddhav, adding, "How? Tell me how?" Getting up Shri Krishna said, "Uddhav, you are learned enough. Think yourself. What is the opposite of a dancer (Nartaki-Kirtan (prayer)?"

Let man not say anything but let him not speak untruth; so truth is the only way.

91
अकेले रमण सम्भव नहीं

नैवेह किंचनाय आसीन्मृत्यु नैवदमावृत्तमासीत्, अशनाययाश्नायाहि मृत्युस्तन्मनो कुरुतात्मन्वी स्यामिति, स वै नैव रेमे तस्मादेकाकी न रमते स द्वितीय मेच्छत्।

पहले यहाँ कुछ भी नहीं था। यह सब मृत्यु से ढका हुआ था। क्षुधा से आवृत्त था और क्षुधा ही मृत्यु है। उसने सोचा कि मैं आत्मा से युक्त होऊँ। एक हूँ अनेक हो जाऊँ, सृष्टा की इस इच्छा से सृष्टि रचना का प्रारम्भ हुआ।

जिस प्रकार वह अकेला नहीं रमा, क्योंकि अकेला कोई नहीं रमा। रमने के लिए उसने अपनी सृष्टि की। उसी प्रकार मनुष्य भी रमता है।

यः स्वपक्षं पिरत्यज्य परपक्षं निषेवते।
स स्वपक्षे क्षयंयाते पश्चात्तैरेव हन्यते।।

वा. रामा. यु. का.

जो व्यक्ति अपना पक्ष छोड़कर दूसरे पक्ष से मिल जाता है, वह अपने पक्ष के नष्ट हो जाने पर स्वयं भी परपक्ष द्वारा नष्ट कर दिया जाता है।

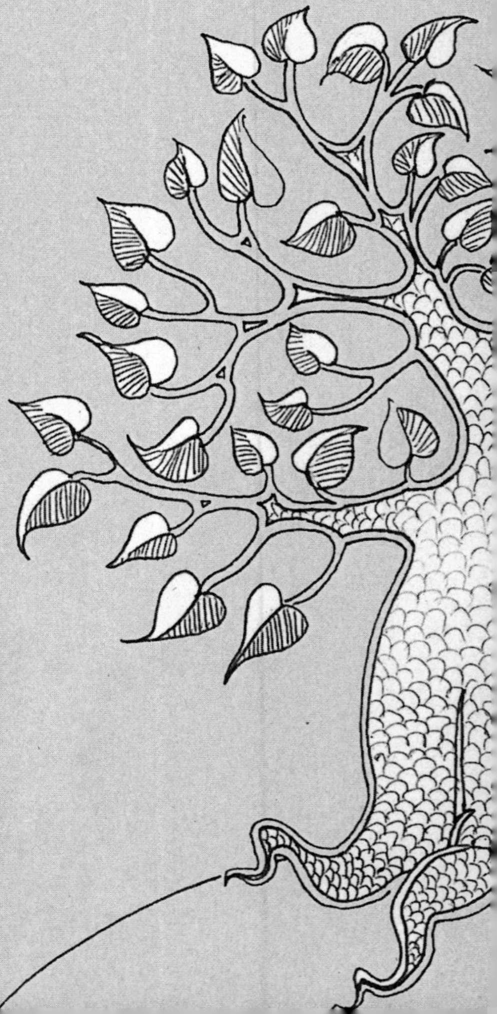

91

ROAD TO JOY

At first there was nothing. Everything was covered by death. Hunger covered everything and hunger is death. The Creator thought, let me be connected to Atman (the individual soul). I am one let me become many. This desire of the Creator led to the beginning of creation. Thus it came to be that there can be no creation without 'desire'. The creator himself could create, because he so 'desired'. It is the same desire within men, that leads to creation.

The person who leaves his group and joins another, on the destruction of his group is himself destroyed.

92

कवि की उदारता

स्वनामधन्य भारतेन्दु हरिश्चन्द्र जी इतने उदार और दानवीर थे कि एक बार टिकट के लिए भी पैसे न रहे। जो पत्र आते थे, उनका उत्तर सादे लिफाफे में रखकर और पता लिखकर मेज पर रखते जाते थे। एक दिन एक मित्र मिलने आये तो वस्तुस्थिति ताड़ गये। नौकर को पाँच रुपए का एक नोट दिया और टिकट मँगाये। मित्र ने अपने हाथ से टिकट लगाये और नौकर द्वारा पोस्ट आफिस भिजवा दिये। उसके बाद जब वे मित्र आते तो भारतेन्दु जी उनकी जेब में पाँच का नोट जबरदस्ती डाल देते थे। एक दिन मित्र ने कहा, 'इसका मतलब यह है कि मैं यहाँ आया ही न करूँ?' भारतेन्दु जी ने हँसकर उत्तर दियाः 'आपने ऐसे समय में वह पाँच का नोट मुझे कर्ज दिया था कि यदि मैं रोजाना एक पाँच का नोट आपको दूँ तो भी साल भर बाद मेरी मानवता मुझसे कहेगी कि अब भी तुझ पर उक्त मित्र का पाँच रुपये कर्ज बाकी है।

धर्मं यशश्च रूपञ्च गुणाञ्ज्ञानं च वैभवम्।
सर्वं नाशयति क्रोधी नास्ति क्रोधसमो रिपुः।।

बुद्धचरित

धर्म, यश, रूप, ज्ञान और ऐश्वर्य सब को क्रोध विनष्ट कर देता है, क्रोध जैसा अन्य कोई शत्रु नहीं।

92

THE GENEROUS POET

The poet Bharatendu Harishchandra was so charitable that once he did not even have enough cash to purchase a postage stamp. He would write replies of the letters he had received and place them in envelopes on a table. Each envelope had an address on it. One day a friend came to see him and noticed it. He gave five rupees to the poet's servant to get stamps and had the letters posted himself. After that whenever the friend visited him, Bharatendu would put five rupees in his pocket. One day the friend said, "What does this mean? I should stop coming here?" Bharatendu laughed and replied, "You gave me the five rupees at such a time that if I give you a five rupees every day for a year, I would still feel I owe you five rupees."

Anger destroys religion, beauty, fame, knowledge, wealth everything. There is no enemy like anger.

GLOSSARY

Acharya: leader of a Jain monastic order.

Agastya: a revered Vedic sage, considered the father of Tamil literature.

Ailak: is a junior Jain monk who uses a single piece of cloth.

Aitareya Brahmana: associated with the *Rigveda*, in particular the fire sacrifice ritual.

Akshar Brahma: is the abode of Shri Krishna, destination for the followers of the path of knowledge (gyana marg). It is the place obtained after liberation. It is the cause of creation, existence and destruction of the Universe. The sat (truth), chit (consciousness) and anand (bliss) attributes of the supreme Brahma are manifested in Akshar Brahma.

Ananda: one of the principal devotees and a devout attendant of Buddha, famous for his memory.

Anatta: non-self; in Buddhism regarded as a beneficial belief along with the perception of suffering or temporality of all things.

Ardhanarishwar: a god depicted as half male and half female; represents the synthesis of Shiva and Shakti.

Asanga: founder of the Yogacara or 'Consciousness Only' school of Buddhism.

Ashtanga Yoga: literally means 'eight-limbed yoga', as outlined by the Sage Patanjali in the *Yoga Sutras*.

Ashtavakra Gita: classical Sanskrit text written as a dialogue between Sage Ashtavakra and Janaka, King of Mithila.

Ashwamedha Yajna: one of the most important of the royal rituals of the Vedic religion involving the sacrifice of a horse, to be conducted only by a king.

Atharva Rishi: the rishi who 'heard' the *Atharvaveda*.(the Vedic text that deals with the procedures of everyday life) and is the one who instituted the tradition of fire-sacrifice.

Bhagavad Rahasya: also known as *Karmayoga Shastra*; Marathi text by independence activist Bal Gangadhar Tilak.

Bheem: the second of the five Pandava brothers, known for his physical strength.

Bhushundi: an old wise crow who lived atop the wish-fulfilling tree of heaven.

Brahma Loka: the topmost abode in the material universe where Brahma resides.

Brahma: one of the trinity of Hindu gods; the supreme cosmic spirit in Hinduism is also referred to as Brahma.

Brahmadanda: the spinal column, the rod or stick of Brahma, and it is this which is symbolised by the bamboo rod carried by ascetics, the seven-knotted wand of the *yogi*.

Brahmarshi: belonging to the highest class of sages, those sages born of the mind of Brahma.

Braja/Brajakshetra: land around Mathura-Vrindavan, associated with Shri Krishna's childhood and adolescence.

Brihaspati: the guru of gods; often identified with Jupiter.

Brittasur: was used as a shield by Kalakeya; he could be killed only by a weapon that was made of Sage Dadhichi's backbone.

Buddhacharita: Sanskrit epic poem on the life of Buddha by Ashvaghosha.

Chanakya niti/Chanakyaniti Darpan: Sanskrit Machiavellian text by the great teacher of Nalanda University and counsellor of emperor Chandragupta Maurya on different aspects of administration and life.

Chullak: in Jainism, a junior monk of the Digambara tradition who uses two pieces of cloth.

Dadhichi: one of the greatest sages, a great devotee of Shiva, an epitome of sacrifice who gave up his life so that the gods could make weapons from his bones to defeat the demons.

Devaki: mother of Shri Krishna.

Devarshi: those sages born of the mind of Brahma; a term synonymous with Narada, who is regarded as the sage among gods.

Dharmaraj: another name for Yudhishthira, the eldest of the Pandavas, as the true follower of righteousness and for also being the son of Dharma (Yama, the Lord of Judgement).

Diti: wife of Kashyap and mother of *daityas* (*asuras*) or demons.

Divan: a Persian title originally, indicating a powerful government minister of the Mughal Empire or later in the princely states.

Draupadi: wife of the five Pandavas in the epic *Mahabharata*.

Dravida: a word used to refer to all southern kingdoms, or sometimes a southern kingdom whose territories included present day Tamil Nadu and Kerala.

Durvasa: an ancient sage, known for his short temper.

Five materials: earth, air, water, fire, sky-the five components of the physical world.

Gandhara: city part of present-day Afghanistan.

Garuda: a *vahan* or vehicle of Vishnu; a large bird-like creature who occurs in both Hinduism and Buddhism.

Gautam Rishi: one of the seven great sages; the *Rigveda* has several hymns that are ascribed to him.

Gopis: meaning 'cow-herd girls' are an example of unconditional devotion in Hinduism.

Guru Nanak: the founder of Sikhism and the first of the ten Sikh gurus.

Hari: another name for Vishnu.

Hiranyaksha: a demon, son of Diti and Kashyap.

Ishopanishad: one of the shortest but principal *Upanishads*.

Kaikeyi: wife of King Dasaratha in the epic *Ramayana*, instrumental in sending Rama to exile.

Kaivalya: *kevala* means alone or isolated and *kaivalya* is that state whence one has attained liberation from all bondings. It is a state of supreme solitude.

Kalagni Rudra: another name of Shiva.

Kalakeya demon: common name for demons(leader of demons according to some) born of Sage Kashyap who disturbed the life of sages. Once when Sage Agastya was disturbed by them while performing his rituals he was furious and the demons hid in the oceans. The sage drank up the ocean water killing a number of Kalakeyas/demons. The remaining were finally killed by Indra with the help of Arjuna.

Karna: one of the greatest warriors in the epic *Mahabharata*; the son of Surya (sun-god)and Kunti, born to her before marriage.

Kartikeya: son of Shiva Parvati and commander-in-chief of gods.

Kashyapa: one of the seven great sages; Prajapati Daksha(the father of Sati who married Shiva according to legend) gave his twenty-three daughters in marriage to him.

Kathasaritasagara: collection of legends, fairy tales and folk tales in Sanskrit by Somadeva.

Kathopanishad: one of the primary Upanishads embedded in the *Yajurveda*.

Krishna: the great Hindu god worshipped throughout India, whose pranks, romance, philosophy is the source of great literature, songs.

Kumarasambhava: Sanskrit epic poem by Kalidasa, that talks of the birth of Kumara or Kartikeya, the eldest son of Shiva and Parvati.

Kumbhak: forms the basis of deepest breathing exercises (Pranayama) required to regulate the activities of mind and increase the concentration.

Leela: refers to the Hindu idea that all activities are actually an outcome of the creative play of God.

Mahabharata: Sanskrit epic narrative in 18 cantos based on the Kurukshetra War with philosophical expositions on the truths of life by Shri Krishna.

Maharshi: great sage.

Manusmriti: a codification of Hindu laws, presented as a discourse between sages Manu and Bhrigu.

Mardana: first follower and long-time companion of Guru Nanak.

Maya: the Hindu concept which says that the physical world before us is illusory (which includes our physical body, emotions, ties). Hence it may also be referred to as the cause of ignorance.

Meghadutam: literally the 'Cloud Messenger'; a classical Sanskrit lyrical poem by Kalidasa, one of the greatest Sanskrit poets.

Mithila: a historical region, also referred to as Videha, comprising of Maithili speaking people.

Mudrarakshasa: Sanskrit play by Vishakhadatta that narrates the ascent of Chandragupta Maurya.

Narasingha: a half-man, half-lion avatar of Vishnu.

Narayana: Supreme Being in Hinduism.

Nine goddesses: the nine manifestations of Goddess Durga worshipped during the Navaratri festival.

Nitishataka: Sanskrit collection of poetry of hundred verses, on ethics and morality, attributed to Bhartrihari.

Onkar: the primordial sound; a manifestation of the supreme consciousness within us; used in every Hindu prayer.

Panchatantra: Sanskrit collection of animal fables showing right conduct and behaviour, attributed to Vishnu Sharma.

Parashara: a great Vedic sage, the grandson of Vashishtha and father of Veda Vyasa, the author of *Mahabharata*.

Parivrajakaponishad: Sanskrit text, attached to the *Atharvaveda*; one of the minor Upanishads of Hinduism.

Peeppalada: a school of Vedic scholars.

Prahaladraj: a Puranic prince known for his devotion to Vishnu as against his demonic father's wishes.

Prashnopanishad: Sanskrit text embedded in the *Atharvaveda*, ascribed to Peeppalada scholars.

Pusha: the guardian of the roads.

Raghuvamsa: Sanskrit epic poem by Kalidasa that narrates stories related to Raghu dynasty from Dilipa to Rama.

Raikva: the cart-driver who teaches a king that Supreme Knowledge cannot be obtained unless one sheds one's ego, in a famous story from *Chandyoga Upanishad*.

Rajarshi: person of royalty turned sage through their knowledge and austerities.

Rama: an incarnation of the Hindu god Vishnu, the prime protagonist of the epic Ramayana as the prince and later the king of Ayodhya.

Ramayana: Sanskrit epic by Valmiki that depicts an ideal state of society, relationships, whose main story is the abduction of Sita, Rama's wife by the ruler of Lanka, Ravana, and the ensuing battle.

Rangashala: a place for entertainment.

Rigveda: the earliest of the four Vedas.

Rishi Uddalak: a Vedic philosopher whose teachings are recorded in *Brhadaranyka Upanishad* and *Chandyoga Upanishad*.

Rukmini: wife of Lord Krishna.

Saint Tukaram: a prominent spiritual bhakti poet, an ardent devotee of Vishnu or Vitthala.

Samaveda: one of the four Vedas; classical Indian music and dance tradition consider the *Samaveda* as their roots.

Sambuddha: a Buddha-like person.

Sanat Kumar: famous ascetic in the *Upanishad*.

Sanyas: the last of the four stages of life in Hindu philosophy (*brahmacharya, grihasthya, vanaprastha, sanyas*); a person (young or old) who practices *sanyas* is a *sanyasi*.

Satyakama: appears in the *Chandyoga Upanishad* as his mother Jabala's son, in search of Truth and it is his truthfulness that leads him to the Absolute Truth.

Seven Heavens: there is as per the Hindu cosmology seven upper world or heavens and seven nether worlds.

Seven Mothers: according to scriptures also, there are seven mothers: (1) the real mother, (2) the wife of the spiritual master, (3) the wife of a br□hma□a, (4) the wife of the king, (5) the cow, (6) the nurse, and (7) the earth.

Shankar Vedantin: a person who is a follower of Shankaracharya's school of Advaitism.

Shatapatha Brahmana: literally the *brahmana* of hundred parts, describing history, rituals associated with *Yajurveda*.

Sheshanaga: the king of all serpents or *nagas*, this 1000-headed devotee of Vishnu continues to exist when all else ceases.

Shiva: Hindu god, part of the trinity of Brahma, the Creator, Vishnu, the preserver and Shiva, the destroyer.

Shramana: renunciates ascetic traditions; in Jainism also means a monk who strives.

Shravasti: a north-eastern town in present Uttar Pradesh, closely associated with the life of Gautama Buddha; capital of the Kosala kingdom for a long time.

Shrimad Bhagavad: one of the greatest texts of Hinduism, focusing on devotion to Narayan or Krishna.

Shukraniti: Sanskrit text by Shukracharya containing the sages thoughts on various subjects specially duties of a king and his subjects.

Shvetaketu: vedic scholar famed for his learning.

Svaha: wife of Agni; it is said that the gods to whom offerings are made through fire refuse the offerings unless the name of Swaha is uttered.

Taitreya Upanishad: Sanskrit text, that is basically three chapters of the *Yajurveda*.

Tathagata: the Buddha refers to himself as Tathagata in Pali texts.

Tattwartha Sutra: Jain scripture in Sanskrit, describing the path to liberation.

Ten Senses: the five senses of perception hearing, touch, smell, taste, sight connect the individual to the external environment. Another five senses of action help us export things to the external environment. These are: speech, hands, feet, genitals and anus.

Tirthankara: in Jainism, a person who has conquered the cycle of death and rebirth.

Tripadi: Bhagwan Mahavir expounded three essential truths of Jain philosophy to Indrabhuti Gautam and other disciples in three phases which are known as Tripadi.

Vaishali: city in Bihar, currently an archaeological site; the birthplace of Mahavir; Buddha preached his last sermon here.

Vaishnavas: followers of Vishnu, believing in devotion to Vishnu and his incarnations.

Varaha: boar; one of the ten incarnations of Vishnu.

Vashishtha: one of the seven great *rishis*. He had in his possession the divine cow Kamdhenu who could grant anything to its owner.

Venisamhar: Sanskrit text by Bhatta Narayana that dramatizes some incidents from *Mahabharata*.

Vikramurvashiya: Sanskrit play by Kalidasa on the love of King Pururavas and the nymph Urvashi.

Vishwamitra: one of the most venerated sages of India; he is credited to be the first of the sages to have understood the Gayatri mantra wholeheartedly.

Vivekananda: Hindu monk who founded the Ramakrishna Math and Mission; introduced Eastern philosophy of the Vedanta and the Yoga to the West.

Vyasa: also referred to as Veda Vyasa or Krishna Dwaipayana; the compiler and an important character in the epic *Mahabharata*.

Yajnavalkya: a great sage and philosopher; a counsellor to King Janaka.

Yajurveda: one of the four Vedas that forms the base of the ritualistic ceremonies of Hinduism.

ACKNOWLEDGEMENTS

- *For all kinds of support and hand holding (cannot be enumerated—always there—through 'high and low'):*

  Ananya Vajpeyi

- *For help and support in checking and rechecking the translations, editing and proof-reading:*

  Dipanwita Chakrabarti
  Meera Subramanian
  Basharat Peer

- *Illustrations:*

  Anil Sharma
  Suranya Aiyar
  Facetdesign

- *Typing:*

  Dinesh

- *For being with me through, literally, 'thick and thin':*

  Dr. Vibha Gupta

I would like to express gratitude to everyone who saw me through this book. To all those who provided support, talked things over, read, wrote, offered comments, and assisted in the editing, proofreading and design.

Sincere thanks to Professor Heeraman Tiwari at JNU and Professor Timothy Lubin at Washington and Lee University for their help with the Sanskrit quotations, at very short notice. And finally to my publishers Academic Foundation for being with me.

— R.V.